ハヤカワ文庫 SF
〈SF2047〉

宇宙英雄ローダン・シリーズ〈513〉

# 競技惑星クールス

マリアンネ・シドウ
嶋田洋一訳

早川書房
*7701*

**PERRY RHODAN**

PLANET DER SPIELE

DER FAVORIT

by

Marianne Sydow



Translated by
Yooichi Shimada

First published 2016 in Japan by
HAYAKAWA PUBLISHING, INC.
This book is published in Japan by
arrangement with
PABEL-MOEWIG VERLAG GMBH
through JAPAN UNI AGENCY, INC., TOKYO.

目次

# 競技惑星クールス

**登場人物**

**サーフォ・マラガン**
**ブレザー・ファドン**　　……………………ベッチデ人のもと狩人
**スカウティ**

**グー**………………………………………クラン人。クランドホルの公爵
**サイラム**…………………………………同。伝統武術の達人
**ジュルトゥス＝メ**………………………同。公爵グーの侍医
**グロフレル**………………………………同。惑星クールスの防衛隊長
**タルニス**…………………………………同。惑星クールスの都市管理者
**ルジュム**…………………………………同。タルニスの息子
**ドエヴェリンク**…………………………ターツ。マルタ＝マルタの達人
**カルツィコス**……………………………同。ベッチデ人の案内係
**ウィスキネン**……………………………プロドハイマー＝フェンケン。サイラムの弟子

# 競技惑星クールス

マリアンネ・シドウ

# 1

ベッチデ人のブレザー・ファドンは皿をわきに押しやり、困ったように周囲を見まわした。

ターツ、プロドハイマー＝フェンケン、リスカー、そのほか多くの者たちが食堂に集まり、あいている席を探し、いつもの冗談を飛ばしあっている。短い自由時間を楽しんでいるのだ。退屈している者はいない……ブレザー・ファドン以外には。

かれはため息をつき、席を立った。これ以上ここにいても、意味がない。

惑星キルクールの狩人三人は、《マルサガン》のただの乗客というめずらしい立場を堪能していた。クラン艦隊の宙航士たちは異人三人をあつかいかねながらも、面倒だが危険ではないと評価している。その評価はやがて、くつがえされることになるのだが。

ファドンが食堂から出ていこうとすると、若い長身の一クラン人が行く手に立ちふさがった。狩人は驚いて、その場に棒立ちになった。ここ数日で、道を譲られるのに慣れていたから。

狩人は相手の顔を見あげなくてはならなかった。クラン人の若者はけんかを売ろうとしているのではないようだ。考えこむような、確信のなさそうな表情をしている。

「なにか用か？」クラン人がいっこうに口を開かないので、ファドンのほうからたずねる。

「きみたちのどこがそんなに特殊なのか、考えていた」と、クラン人。「しずかに観察することで、その答えがわかればいいと思っていたが、うまくいかなくて」

ファドンは頭に血がのぼるのを感じた。生来の短気にくわえ、無為と退屈を強制されている。さらに、これから起こることへの極度の不安もあり、自分をおさえることができなかった。

「どいてもらおう！」と、うなるようにいう。

クラン人は動かなかった。

ファドンの忍耐は限界をこえた。それでものこっていた理性で周囲を見まわし、このクラン人以外に自分を見ている者がいないことを確認してから、相手に殴りかかった。一発だけだが、そこに鬱積した怒りのすべてをこめる。ファドンはベッチデ人のなかでこそ強靭（きょうじん）で背も高いが、クラン人にはおよばない。身長はせいぜい相手の胸までしかないし、こぶしはまるで木の幹を殴ったかのように痛んだ。それでも、殴った手の痛みなど気にならなかった。クラン人がよろめき、軽くからだを折りまげる。顔が近くなったので、もう一発殴ろうとした。

足の下の床が消えたように感じ、ぞっとする。後退しようとしたが、クラン人はかれをがっちりとつかんだまま、軽々と持ちあげた。

「二度とするな」と、小声で脅すようにいう。「さもないと、生涯忘れられないくらいの打撃をうけることになるぞ」

近くのテーブルでマルタ＝マルタのゲームを見物していたターツが数体、腹だたしげに振りかえった。

「けんかなら、よそでやれ！」と、一体が叫ぶ。

一プロドハイマー＝フェンケンが甲高い笑い声をあげ、大柄なターツの両脚のあいだをくぐりぬけてきた。

「手を貸しましょうか、大きいかた？」と、興奮した声を出す。

ファドンには、毛むくじゃらの生命体がどっちのことをいっているのか……自分なのか、クラン人なのか……わからなかった。それでも用心深くうなずくと、プロドハイマー＝フェンケンはうれしそうに身じろぎした。

「この男をおちつかせるんだ、ウィスキネン！」クラン人が命じた。「それでなくても不安定になっている」

ファドンはその瞬間、すべてを理解した。クラン人はいまの騒ぎにもかかわらず、怒っても興奮してもいない。むしろ正反対で、完全におちつきはらっていた。つまり自分は、一見して感じる半分ほども危険ではないということ。

「おろしてくれ！」ファドンはいった。

「もうわたしを殴ろうとしないか？」クラン人が真剣にたずねる。

「しない。そんなつもりではなかった」

クラン人は笑い声をあげた。

「〝そんなつもりではなかった〟なら、もっと力をぬいたはず」

ファドンは足が床につくと、まわれ右して逃げだそうとした。

「急ぐのか？」クラン人にそう問われ、かれは驚いて振りかえった。

「どうして？」

「きみと話がしたい」

ファドンはためらった。たしかに気晴らしを望んではいたが、このクラン人が気晴らしになるという確信はなかった。ただ、ほかに選択肢がないのも事実だ。艦内をうろつくことは禁じられているから。

「いいだろう。向こうにあいたテーブルがある」

「いや、ここではなく、わたしのキャビンがいい。ウィスキネン、ついてこい」

クラン人といっしょなら、だれかにとめられることはないはず。これで艦のことが多少わかるし、自分たち狩人三人になにをさせるつもりなのかも、判明するかもしれない。ファドンはそう考え、それ以上ためらうことなく、クラン人についていった。

クラン人の宇宙船でそれなりの時間はすごしてきたので、異人がどこに向かおうとしているのかは見当がついた。上級キャビンのある区画だ。ただの新入りが、そんなキャビンをあたえられるはずはない。〝この〟クラン人には、なにか特別な事情があるのだろう。

「きみはだれだ?」かなり豪華なキャビンに案内されて、ファドンはそうたずねた。

「わたしはサイラム」と、クラン人。「すわってくれ。ウィスキネン、なにか飲み物を用意してくれるか?」

「召使いなのか?」ファドンはそういい、プロドハイマー＝フェンケンを指さした。

「いや、わたしの弟子だ」サイラムが平然と答える。

「なにを教えている?」

「武術だ」

ファドンはとまどって、かぶりを振った。

「これではいつまでたっても話が進まない。現状を説明してもらえないか?」

「かんたんなことだ。われわれクラン人は伝統武術を継承してきている。現在では兵器の発達により、その実用的な意味は失われた……すくなくとも、それが大方の意見だ。ただ、武術を学ぶ伝統は、まだあちこちにのこっている。わたしはさまざまな流派の理論と技術を基礎から学び、各流派で達人と認められた。ウィスキネンはわたしの弟子だ。プロドハイマー＝フェンケンなのに、と、思うかもしれないな。それはよくある反応だ。わたしのことを裏切り者と呼ぶクラン人さえいる。伝統武術を異種族に教えているから。だが、わたしは気にしない。ウィスキネンはこれまでで最高の弟子だ。知りあいのクラン人でも、太刀打(たちう)ちできる者はいない」

　ファドンは笑いだしそうになるのをこらえた。がまんできたのは、サイラムの仮借ない態度を思いだしたからだった。

　ちょうどフルーツ・ジュースの入ったグラスを運んできたウィスキネンは、プロドハイマー＝フェンケンのなかでも小柄なほうである。百四十センチメートルくらいしかないだろう。同種族といっしょにいてさえ、見劣りするくらいだ。水色に輝くいかにも柔らかそうなふわふわの毛を見ても、とうてい強い武術家には見えない。ただ、この種族は外観とは裏腹に、かなりの偏屈者ぞろいだった。

「信じていないようだな」と、サイラム。

　ウィスキネンは師の足もとの床にうずくまり、目を輝かせてファドンを観察していた。

ひどくおもしろがっているようだ。

「信じてもらう方法なら知っています」と、したり顔でいう。

「しずかにしていろ、ウィスキネン！」サイラムが強い口調でたしなめた。「この人は最近見つかったばかりの惑星からきている。おまえたちプロドハイマー＝フェンケンのことなど、よく知らないのだ。クラン人の武術のことは、もっと知らないだろう。長い目で見なくてはならない」

ベッチデ人はこのやりとりが気にいらなかった。早くもぶしつけにならないように退去する方法を考えながら、最後にひとつだけ、質問を口にする。

「われわれベッチデ人のどこがそんなに特殊なのか考えていたといったが、あれはどういう意味なのかな？」

「文字どおりの意味だ」

「だが、そんなことを考えはじめるには、なにか理由があるだろう！」

「ああ、そういうことか！　つまり、ルゴシアードに参加するからには、なにか特殊なところがあるはず、と、考えたのだ」

ファドンは髪を掻きむしりたくなった。

「たのむから、その〝ルゴシアード〟とはなんなのかを教えてもらいたい！」と、やけになって質問する。

　サイラムはとまどったようにかれを見つめた。

「知らないのか？」と、驚いてたずねる。

「知っていたら質問などしない！」

「わかった、おちつけ。ルゴシアードは……競技会だ。そこでのパフォーマンスが認められた者は〝スーパーゲーム〟に参加できる。きみの次の質問は見当がつくが、スーパーゲームとはなにかと訊かれても、残念ながら答えられない。わたし自身も知らないから」

「では、どうしてわれわれがルゴシアードに参加すると思った？」

「この船がクールスに向かっているからだ」

　サイラムはファドンの目つきに気づき、絹のようなたてがみを左右に振る。

「すまなかった。わたしが勘違いしたようだ。きみがなにも知らないとは、考えもしなかったものだから」

「実際、なにも知らないんだ、あらゆる武術の達人！」ファドンは自嘲ぎみに答えた。

「だから、どうか教えてもらいたい。たとえば……クールスとは？　惑星の名前なのか？」

「そう。しかも、公国でもっとも重要な惑星のひとつだ。クールスはクラン宙域をとりかこむ宙域のひとつ、フラットロス宙域にある」

「そのクールスで、今回のルゴシアードが開催される？」

「今回だけではない。つねにだ」

「これまでに何回くらいあった？」

「今回が五十回めだ。公爵ルゴの暦法とともにはじまった。ちなみに、ルゴシアードを考案したのも公爵ルゴその人だ」

　つまり六、七年に一度開催されるのか、と、ファドンは思った。

「クールスに向かっているということは、だれも教えてくれなかった」

「そうだろうな」と、サイラム。「新入り相手に、艦長がその種の情報を急いで告知する理由はない」

「どうしてきみは知っている？」

「わたしは新入りではない！」

「それはわかっている」ファドンは急いでそういった。「だが、わたしが多少の疑念をいだいたとしても、責めることはできないだろう」

「まあな」と、サイラム。「つまり、この艦の目的地ははっきりしているが、わたしの立場はいささか微妙なのだ。ルゴシアードに招請されたとき、わたしは頻繁に宇宙船が発着する惑星にいたので、そこからクールスに向かうならなんの問題もなかった。時間もたっぷりあったし。だが同じころ、ある惑星から報告がはいった。その惑星の名前はどうでもいい。そこではいくつかの流派の武術家たちが弟子とともに集まって、修行に専念していた。その惑星がアイチャルタンの宙賊に襲撃されたのだ。

宙賊は人質にした者たちの価値に気づき、流派を乗っとりはじめた。すばやさや強さでは対抗できなかった。宙賊は技術装置を使った奇妙な方法でクラン人に影響をあたえたから。わたしもこの目で見たが、高名な達人が弟子たちに相手を殺す技術ばかり教えるようになり、調和の教えが完全に忘れ去られていた。ウィスキネンとわたしはこの問題を解決しにいった。

だが、これがまさに罠となった。その惑星から期日までにクールスに到達するのは不可能だとわかったから。ルゴシアードの重要性にかんがみて、緊急通信により、最終的に《マルサガン》を用意してもらった。わたしはべつの船で邂逅ポジションまで行き、この艦に乗ったのだが、しばらくして、ほかにも乗客がいることを知った……きみたちベッチデ人が。だから興味を持ったのだ」

こう語るサイラムの態度に傲慢さは見あたらず、ファドンは不本意ながら感動をおぼえた。アイチャルタン人とは前に知りあったことがあり、いささか尊敬の念をおぼえていたから。

「きみたちがこの艦に乗っている理由は、ひとつしかないと思った」サイラムが先をつづける。「ルゴシアードに参加することだ。だが、確信がなくなってきた」

「われわれ、キルクールの狩人だ！」ファドンは大声で主張した。「きみと戦っても、勝つ見こみはないだろう……すくなくとも、一対一では。だが、われわれも戦士だ。それが信じられないというなら、よろこんで相手になろう」

サイラムは微笑した……クラン人の外観に慣れていなければかなり恐ろしい笑顔だが、ファドンはすでに何度も見たことがある。

「ウィスキネンが相手なら勝てる見こみがあるということかな？」

ベッチデ人はうなずこうとして……ずいぶん久しぶりに……ドク・ミングのことを思いだした。このベッチデ人の治療者は多くの説話を知っていて、その一部は《ソル》に関するものだった。雨季の長い一日など、はるか昔に宇宙船内で暮らしていた戦士たちの話を好んで語ったもの。かれらは木の板や石さえ素手で割ることができ、戦いになれば敵の骨をやすやすと打ち砕いたという。クラン人にもそんな戦士がいて、その技をいまに伝えているとしたら？　ドク・ミングの話によく登場したルカンという名の男は、このプロドハイマー＝フェンケンとそう変わらない体格でありながら、最強の戦士で、まさに無敵だったといわなかったか？

ドク・ミングの声が聞こえたような気がした。

〝きみたちは力こそが重要だと信じているが、それは間違いだ。敵も同じように力が強いかもしれない……それでもきみたちが充分に速ければ、打ち勝つことができるだろう。

きみたちはいま、理解したという目をしたな。数人は自分の速さを誇示しようと、想像のなかにしか存在しない敵を蹴ったり殴ったり、矢で射たりする動きをしている。おろか者！　〝ジャガー〟の跳躍は目で追えないほど速いし、キルクールサソリのひと嚙みは電光のようで、どんなにすばやく反応してもよけられない。それでも、きみたちはジャガーやサソリから逃げられる。なぜか？　敵の姿が見える前に、すばやく考えることができるからだ。ジャングルを歩いていて、いきなり上から大量の木(こ)の葉(は)が落ちてきたなら、ジャガーにちがいないとわかる。ジャガーが跳躍する前にたてる、息を吸いこむ音も知っているだろう。だからよけることができるのだ。ジャガーの攻撃は空を切り、きみたちはもう槍をかまえている。目が追いつかない相手には、理性と感覚でたちむかわなくてはならない。そのことを学び、鍛錬すべきなのだ〟

　プロドハイマー＝フェンケンは鍛錬していて、よき師にも恵まれている。ファドンはサイラムの手につかまれたときのことを思いだした。動きがまったく見えず、ただ結果を感じただけだ。ウィスキネンがあの半分もすばやければ……

だが、ファドンにも矜持(きょうじ)があった。観察され、挑戦されている。相手は自信満々の若いクラン人と、大きくなりすぎたリスのような生命体だ。

　クルミかじり！　そんな言葉が浮かんできた。

艦内の隠語で、プロドハイマー＝フェンケンに対する決定的な侮辱語である。ファドンはその言葉に賭けた。

「クルミかじり!」と、声に出していう。

ウィスキネンが顔をあげた。サイラムはまだ微笑しているが、それも徐々に渋面に変わりはじめたようだ。

ファドンはゆっくりと立ちあがり、椅子をわきに押しやった。

かれの前にはカーペットがあり、テーブルの角があって、その向こうに……ウィスキネンがいる。かなり頭に血がのぼっているようだ。ファドンの位置からだと、怒れるプロドハイマー＝フェンケンは、テーブルの脚のように細く敏捷性(びんしょうせい)もないように見える。ただ、かよわく無力なはずのこの生物の顔には、薄笑いが浮かんでいた。

「かかってこい、クルミかじり!」ファドンがしずかに、脅すようにいう。

かれは鋭い目で相手を観察し、ドク・ミングが狩人たちに語ったことを想起した。敵の動きを予測しようと、ウィスキネンのわずかな目の動きや、ほとんどそれとわからない重心の移動に注目する。跳躍攻撃にそなえ、もっとも危険そうなウィスキネンの脚を警戒し、両手をあげて防御姿勢をとった。すべては瞬時の判断だ。ドク・ミングにもいわれたし、子供のころからキルクールのジャングルで習いおぼえたことでもある。だが、それだけ警戒していても、なにかに喉頭を一撃され、なにもできずに床に転がされた。

目を大きく見開く。閉じたくても閉じられなかった。プロドハイマー＝フェンケンの姿が見える。水色毛皮の生命体は、さっきファドンがわきに押しやった椅子に近づいた。かれにはぜったいにできない脚さばきで椅子を空中に蹴りあげ、キャビンのすみまで軽く蹴り飛ばす。椅子の背は壁にぶつかって壊れたが、全体としては無傷のまま、床に着地……ウィスキネンはもう近くに移動していて、そのまま椅子に腰をおろした。

「どうです？」と、師にたずねる。

「なっていない！」サイラムが冷たく答えた。「椅子のあつかいはおまえの才能をしめしているが、それをやったのはベッチデ人を倒したあとだ。まだ感情をコントロールできていないということ。これを見れば、おまえがアイチャルタンの宙賊にやったことを思いださずには……」

「師よ、その話はもうやめてください！」ウィスキネンは懇願したが、サイラムは平然と話しつづけた。

「おまえはまるで蛮人のように暴れまわった。いったい何人殺したか、わかっているのか？」

「師よ、あれはアイチャルタン人でした！」

「ああ、だが、この宇宙の子供たちにはちがいない。明確な理由がないかぎり、かんたんに殺していいものではない」

「あいつらは悪党でした、師よ！」

「なぜそれがわかる?」

ウィスキネンは恥じいってうなだれた。

「宙賊は〝われわれの〟敵だ」サイラムが仮借なく先をつづける。「クラン人が大帝国を建設しようとしていなければ、たぶんわれわれ、いまだにアイチャルタン人の存在を知らなかったにちがいない。帝国版図内の諸種族をうけいれるなかで、宙賊による攻撃も知られるようになった。全力でそれをしりぞけようとするのは、われわれの当然の権利だ。だが、それは宙賊が客観的に邪悪な存在だという意味ではない」

「でも、われわれの友になにをしたかを考えれば……」

「宙賊のやり口は嫌悪すべきものだ」そこはサイラムも認めた。「だが、それ以上のものではない。自分を制御することを学ばないかぎり、最高の技術をあつかうことはできず、おまえは弟子のままだろう」

「ずっと師の弟子でいたいと思っています」ウィスキネンが謙虚にいう。

「いまのは聞かなかったことにしておこう。それが本心でないことも、よくわかっている」

サイラムはファドンに目を向けた。

「立つのだ」と、おだやかに声をかける。

ベッチデ人は耳をそばだてながら、すでに力を回復していた。二度とプロドハイマー

＝フェンケンにやられることはない、と、確信している。

気づかれないようにちらりとウィスキネンを見やり、まだふらついているふりをして、ゆっくりと上体を起こす。緩慢な動きで相手の油断を誘うのだ。

立ちあがり、しっかりと床を踏みしめた。すべて計算された動きだ。なにも見すごしていないと確信し、瞬時に攻撃にうつる。

一拍のち、ファドンはまた床に押し倒され、こんどはウィスキネンに膝で押さえこまれていた。どうしてそうなったのか、まったくわからない。それ以上に謎なのは、自分より軽量のプロドハイマー＝フェンケンに組み敷かれ、まったく身動きができないことだった。

「もう充分だ」サイラムがおちついた口調でいう。「もう一度襲いかかろうとは思わないだろう。はなしてやれ」

ウィスキネンは電光のようにすばやく椅子にもどった。ファドンの目には魔法にしか見えない。

「ウィスキネンのほうが強いのだ。理解できたかな、ブレザー・ファドン？」

「認めるしかないようだな」ベッチデ人は暗い声でつぶやいた。「どうしてあんなに速く動けるんだ？」

「目がだまされているのだ」と、サイラム。「それに、きみは肉体を充分にコントロールできていない。だから、どんな動きをしようとしているか、正確に見ぬかれてしまう」

ファドンは苦い薬を抵抗なくのみこんだ。

「きみが新入りなのが残念だ。わたしには、きみを昇格させる権限がない。そうでなかったら、なんとしてもきみを弟子にするのだが。ブレザー・ファドン、きみは動きが速いし、才能がある。きみならほんとうの〝達人の弟子〟になれるだろう」

「どういう意味だ？」ファドンは用心深くたずねた。

「充分な時間をかけて修行すれば、いつかわたしを倒せるということだ」

ファドンは口もとをゆがめ、

「武器があれば、すぐにでも達成できる！」と、自信たっぷりに指摘する。

「どんな武器を考えている？」サイラムが笑いながらたずねた。

ファドンは疑わしげにクラン人を見つめた。

「きみとやりあうつもりはない」

「心配は無用だ」サイラムがなだめるようにいう。「わたしはだれも傷つけたりしない。間違って殺してしまうことも、血が流れることさえないだろう」

「わたしがブラスターを使ったとしても？」

ウィスキネンがちいさく笑い、サイラムはそれを鋭い視線でたしなめた。

「どんな武器でも選ぶがいい！」と、クラン人。

　ファドンはサイラムを見つめた。急に相手がとてつもなく傲慢に思えてきた。

　ブラスターを手に、対峙（たいじ）することを想像してみる。相手がどれほどすばやくても、なんの意味もない。同時に、それがどれほど危険なことかを考える。もしもサイラムを殺したら、自分だけでなく、サーフォ・マラガンとスカウティも責任を問われるだろう。

「いや、それはできない」と、不承不承にいう。

「不安なのだな」と、サイラム。

「わたしだけのことではないからだ！」

「それはわかる。だが、いったとおり、負傷者は出ない。われわれの教えを信奉する者は、あらゆる種類の武器を軽侮する。ブラスターはどんな愚者でも、それこそロボットでもあつかうことができる。そんなものを使って戦いに勝っても、なんの意味もない。たのみにしたのは〝自分の〟力ではなく武器の力であり、その背後にいる、どんな考えを持っているのかもわからない、無数の見知らぬ人々の力だ。そういう人々が武器を考案し、設計し、試験し、製造し、その結果としてきみが勝ったにすぎない」

「そうはいっても、武器のあつかい方のうまいへたもあるはず！」ファドンは強硬に反論した。

「そのとおりだ。わたしは武器の使用すべてに反対しているわけではない。自分で使うことさえある……純粋な教えを信じる者は落胆するだろうが。現実の戦いは肉体的能力だけでなく、精神的能力にも依存する。武器を使わない戦いはそれだけ満足感が大きく、その点はわたしも昔の指導者たちに同感する。だが、経験から、いまの時代に昔のルールで戦うことに固執するのが、非現実的だということもわかっている」

サイラムが側方に移動した。速すぎて、ファドンの目ではほとんど動きがとらえられない。ベッチデ人の足もとにブラスターが落ちていた。

「ためしてみるといい」サイラムがおだやかにいう。

ファドンはためらった。武器を見つめる。同じようにすばやく致死的な、有毒のキルクールサソリを見ている気分だった。

「強制はできないはず！」と、自信なげにいう。

サイラムは無言で背中に手をまわした。ファドンは相手が手にした武器を見て、衝撃をうけた。

足もとに落ちているブラスターは、ベッチデ人の理解では〝きれいな〟殺し方をする武器だ。命中すれば、獲物は声もたてずに絶命する。これに対し、サイラムの手にあるような短剣は、同じく致命傷をあたえることはできるものの、それ以上に苦痛をあたえるところに特徴がある。半時間前だったら、ファドンはこの対決を一笑に付していただろう。短剣はとどく距離まで肉薄するのに時間がかかる。ブラスターから発射される熱線は光の速さだ。それを避けられるほど速く動ける生物はいない。ただ、サイラムはこちらの動きを正確に予測するはず。弟子のウィスキネンにもできたのだから。

「こい！」サイラムは頭を妙なぐあいに横に動かした。「攻撃しろ。どっちみち、そうするしかなくするぞ」

ファドンのなかに反抗心が芽生えた。自分は種族最高の、もっともすばやい戦士であり……キルクールから旅だって以来……クラン人にも切りぬけられないような危機を乗りきってきたのだ。

ファドンが武器をつかんでも、サイラムはまったく動かない。こちらはいつでも撃てるが、相手の態度が気になる。どう考えてもサイラムにチャンスはない。まるで生きた的のようだ。

「早くしろ、おろか者！」クラン人はそういい、同時に短剣を投げた。

きらめく刃がファドンの左耳をかすめる。その瞬間には、かれはまだ偶然に勝てるかもしれないと思っていた。しかも相手は武器を捨ててしまっている。だが、見るとクラン人はべつの武器を握っていた。ブラスターがこちらの頭を狙っている。銃口は熱に揺らめき、実際に装塡されているとわかる。クラン人の指が引き金にかかるのも見え、ファドンのなかのすべてが発砲しろと金切り声をあげた。引き金に指を触れる。その瞬間、冷静さをとりもどし、ブラスターを床に落とした。

「降伏するのか？」クラン人が皮肉っぽくたずねる。

「ああ」と、ファドン。

「なぜだ？」

「きみがわたしを殺す気なら、回避することはできない」それははっきりしていた。

「一方、きみの言葉が真実なら、わたしに危険はない」

クラン人は笑い声をあげ、武器をキャビンのすみに投げだした。

「合格だ。これできみたちベッチデ人には、やはりなにか特殊なものがあるとわかった」

「どういう意味だ？」ファドンはとまどってたずねた。

そのとき、ウィスキネンが興奮して騒ぎだした。サイラムは片手をあげてそれを制した。

「わかっている」小声でいい、ふたたびファドンに向きなおる。「艦が惑星クールスに到着した。きみたちにも、すぐにこの航行の目的が告げられるはずだ。不在に気づかれる前に、仲間のところにもどったほうがいいだろう。すぐにまた会える」

「ルゴシアードで？　競技会というのは、武術の試合なのか？」

「そうだとしたら、わたしは参加しない」サイラムは真顔でそういった。「もう行け。潮時だ。ウィスキネン、キャビンまで送ってやれ！」

# 2

ブレザー・ファドンはウィスキネンとともに通廊を急ぎながら、クラン人の言葉の意味を考えつづけた。どうにも謎めいている。

「ルゴシアードというのは、結局なんなんだ?」と、プロドハイマー＝フェンケンにたずねたが、答えはない。

ウィスキネンはとにかく急ぎ足で進んでいき、ファドンは遅れないように苦労していた。それでも足をゆるめてくれとはいわない。この小柄な生物に戦いでは敗れたが、同じく得意と考えている分野で、重ねて恥辱をうける気はなかった。

狩人のキャビンの前につくと、ウィスキネンはすぐに踵を返した。息も切らしておらず、肩で息をしているファドンをあざわらう。

「なんのつもりだ?」ファドンは息をあえがせながらたずねた。「わたしを挑発しているのか?」

「とんでもない!」ウィスキネンがつっけんどんに答える。

そのとき、ファドンの疑問は氷解した。この生物は、サイラムに才能があるといわれた自分に嫉妬しているのだ。

サイラムの弟子になる気はないから心配するな、と、いおうと思ったが、ウィスキネンは電光のようにすばやく、角を曲がって姿を消していた。

ファドンは所在なさを感じ、ぜんぶ忘れてしまおうと思った。だが、それは思ったほどかんたんではなかった。あやうく死をまぬがれていたことが、あとになってわかったから。ウィスキネンは自分をかんたんに殺していてもおかしくなかったのだ。助かったのが偶然なのか、なんらかの意図によるものなのかははっきりしないが、ひとつだけたしかなことがある。意図によるものだとしたら、あのプロドハイマー＝フェンケンは、ファドンが思っていたよりもずっとすばらしい戦士だということだ。

そんな思いを懸命にわきに押しやり、ドアを開けた。

ベッチデ人三人は三つならんだつづき部屋のキャビンで寝起きしている。ファドンのキャビンはまんなかで、当然、そこが集合場所になっていた。ドアをくぐると、スカウティとサーフォ・マラガンがすでに寝台に腰をおろしていた。ふたりとも、まるで幽霊でも見るような顔でこちらを見ている。

「おじゃまだったかな？」ファドンが皮肉っぽくいう。

スカウティは怒ったように立ちあがった。

「長いこと、どこにいたの？　心配したのよ。いっしょに食堂を出たっていうクラン人は、だれ？」

どうやら食堂に行って、自分がいなくなったときのようすを聞きこんできたらしい。ファドンはそれを知って、とにかくスカウティには謝罪すべきだと思った。

「いや、じつにおもしろい男だったよ」と、軽い調子でいう。「いろいろ教えてくれて……」

甲高いブザー音に言葉をさえぎられた。スカウティが横をすりぬけ、ドアを開ける。クラン人艦長の巨体がそこにあった。

アルキスゾンがドアをくぐるには、頭をさげなくてはならなかった。艦長が探るような視線を周囲に向け、咳ばらいする。

「まもなく惑星クールスに着陸する。きみたちをそこに連れていくよう命令されたのだが、着陸前に、目的地について教えておこう。クールスは帝国の主要惑星のひとつで、クラン宙域の近傍のフラットロス宙域にあり、エヴィナウダー星系の第四惑星だ。惑星環境はノーマルで、防護服は必要ない。あとで新しい衣服をとどけさせる」

アルキスゾンはそれだけいうと、キャビンから出ていこうとした。ベッチデ人三人に告げることは、それでぜんぶということらしい。

「そんなことを伝えるために、わざわざきたのですか？」マラガンがいきなりたずねた。

アルキスゾンは足をとめ、ゆっくりと振りかえった。じっとマラガンを見つめる。マラガンはなかば目を閉じ、眠そうにも見える表情をした。

「そうだ」長い間があって、アルキスゾンが答えた。

「われわれをクールスに連れていくよう、命じたのはだれです？」マラガンが粘り強く質問する。

スカウティがファドンの脇腹をつつき、警告した。ファドンはあきらめのしぐさをしただけだ。ダブル・スプーディ保持者のマラガンが、あらたに手にした能力を使おうとしているのは明らかだった。だが、よりによって艦長を操ろうとして失敗したら、三人はいま以上に面倒な状況に追いこまれるだろう。

アルキスゾンはまだ、完全に自分を制御しているようだった。

「悪いが、それは教えられない」

「クールスでなにがあるのか、教えるくらいはいいでしょう？」と、マラガン。

「それもできない。時期がくればわかる」

「どうしてルゴシアードに参加するといわないんです？」ファドンがたずねた。「そんなに重大な秘密なので？」

アルキスゾンは驚いたようにベッチデ人のほうを向き、

「ルゴシアードのことを聞いたのか？」

「帝国の半分がその話で持ちきりですよ」ファドンはブラッフでそういい、実際にそうであることを願った。「第五十回大会となれば、なおさらでしょう」

　アルキスゾンは一瞬だけ動揺を見せたが、すぐにたちなおり、背筋をのばした。ふたたびドアに向かい、また振りかえって、奇妙な目つきでマラガンを見る。そのあと、ドアの外にいるだれかに短く合図した。大きな黒い影がちらりと見えて、一ターツが艦長に平たいつつみを三つ手わたす。アルキスゾンはそれをドア近くのコンソールの上に置くと、キャビンを出て、ドアを閉めた。そのあいだ、ひと言もしゃべらない。

「なにかおかしい！」ファドンはとまどってつぶやいた。

　マラガンがもの問いたげにファドンを見る。ファドンは寒さでも感じているかのように、肩をすぼめた。

「クールスのことがなにかわかったのなら、話してもらおう！」と、マラガン。

　ファドンは聞いたことを話し、相手のコメントを待った。ダブル・スプーディ保持者は床を見つめて考えこみ、いきなり顔をあげると、三つのつつみを見やった。ひとつを開け、なかをのぞく。

「ごくふつうのコンビネーションだ。ま、いずれわかる……」

　ファドンはじっと待っていたが、マラガンがまた黙りこむと、とうとう憤然と立ちあがった。

「事態ははっきりしている！」と、声を荒らげる。「クールスではルゴシアードが開催され、われわれはそこに向かっている。新しい衣服が支給されたのは、新入りだということを明確にするためだ。艦長は、インターカムを使えばすむ些細な情報を、わざわざじかに伝えにきた。結論として、われわれは自分たちの意志に関係なく、ルゴシアードに参加させられるのだ」

「いったいどんな競技に？」スカウティが疑わしげにたずねる。

「よく考えてみたか？　クラン人の目から見て、われわれ三人がすぐれているのはどんな点だ？　われわれは戦えるところを見せた……それがすべてだ！」

「ルゴシアードはたんなる武術の試合ではないな」マラガンがいきなりいった。「その背後に、もっとずっと重要なことがかくされている」

「ふむ、いったいなにが？」

マラガンはファドンを見つめ、

「わたしが知るはずがあるか？」と、不機嫌に答えた。「もう着陸準備にはいっているはずだ。われわれも移動しよう」

＊

ターツ二体と一クラン人が、かれらをエアロックに連れていった。早くつきすぎたらしく、呼ばれるまで待っていろといわれる。案内役は艦内にもどっていき、三人はエアロックのなかから宇宙港の活動を観察した。

「交通量が多いな」と、ファドン。

それはずいぶんひかえめな表現だった。

宇宙港には艦船がひしめいている。クラン艦だけでなく、公国のさまざまな種族の船が見られた。さらには多種多様な車輛が地上や空中を行きかい、歩行者の姿さえ見える。

ようやく斜路に出てきたターツたちもおちつかないようすで、惑星クールスをはじめて目にしたベッチデ人たちと同じ印象をうけているらしい。

「幸運を祈る！」三人がよく知っている声が聞こえた。驚いて振り向くと、アルキスゾンがすぐうしろに立っていた。すこし前から観察していたようだ。

「本心は正反対のようですが」マラガンが疑わしげにいう。

艦長は笑って、一ターツに合図した。

「この三人だ。よく面倒を見てやれ」

ターツは三人のほうを向くと、無言で斜路の下の車輛を指さした。

「驚くべき大歓迎ね」スカウティがつぶやく。

「手錠をかけて連行されないだけましだ」と、ファドン。「あれが希望の光でないとしたら……」

斜路をおりようとしたとき、風を感じた。強風が衣服をはためかせる。空には青い主星がかかっていた。空気はどこの宇宙港とも変わらない気がしたが、そこに雪と刺激的な薬草のにおいがまじっている。三人は雪をいただいた山を探してあたりを見まわしたが、周囲の宇宙船がじゃまでなにも見えなかった。

車輛の前で一ターツがかれらを待っていた。かなり高齢で、目は細く、皮膚に傷痕がある。ターツとしては小柄で、ファドンよりも数センチメートル長身なだけだ。三人が近づいていくと、老ターツは胸の前で腕を組み、一揖した。

「わたしはカルツィコス」老人の口調は友好的だった。「きみたちがクールスにいるあいだ、案内をまかされている。要望や質問があれば、わたしにいってくれ」

「われわれ、どうしてここに連れてこられたのだ？」ファドンがたずねる。

「残念ながら、答えられない。理由はかんたんで、教えられていないからだ」

「しかし……」ファドンが食いさがろうとする。

「ルゴシアードのことはどうかな？」マラガンが横から割りこんだ。「それに参加させるため、われわれをクールスに連れてきたということは？」

ターツはたじろぎ、頭をのけぞらせて大笑いした。

「ありえない」と、ようやく答える。「考えられないことだ」

「なぜ？」

「参加者には条件がある」

「われわれ、それを満たしているのかもしれない」マラガンがしずかにいう。

タールツは真顔になり、めずらしい昆虫でも見るように三人を眺めた。

「それはなんともいえんな」スカウティがさらに質問しようとするのを、片手をあげて制する。「もう出発しないと。現在、クールスには多数の種族が滞在している。これからきみたちを市街に連れていく。そこに宿泊所を用意してあるので、しばらく待機していてもらいたい。わたしは用事をすませて、そのあと市内を案内する」

「われわれだけで、あたりを見てまわってはだめかな？」と、マラガン。

「かまわんが、すすめはしない。現在、市街には多くの異人がいて、なかには倫理観がきみたちとあわない者もいるかもしれん。あるいは、道に迷ってしまう危険もあるだろう」

「われわれ、キルクールの狩人だ」と、マラガン。「けっして道に迷ったりはしない」

タールツは侮蔑的に手を振り、仲間に顔を向けて、

「宿泊所に案内しろ」と、指示。そのまま急ぎ足で姿を消した。

ファドンは車輛に乗りこむ前に振りかえり、宇宙船に目を向けた。サイラムとウィスキネンがエアロックの前に立っているのが見えた。クラン人が片手をあげ、こちらに合図する。ファドンは驚きのあまり、数秒してようやく反応し、挨拶を返した。サイラム

はもう下を向いて、荷物をとろうとしていた。

「あれが話していたクラン人?」車輛が動きだすと、スカウティが興味深そうにたずねた。

ファドンはうなずいた。

「ごくふつうのクラン人に見えたわ」

ファドンはまたうなずいた。いまはサイラムのことを話したい気分ではない。

車輛はグライダーで、ターツ三体が同乗していた。なかはひろびろとしている。一ターツは操縦に専念し、もう一体はなにかの書類を検分し、のこる一体は是認できないという顔で通信装置を見つめたあと、ベッチデ人三人に向きなおった。

「さっきいたのはクールス=ヨト宇宙港だ。クールス=ヨトはこの惑星の首都で、アルコル=アバシュ大陸の中心にある。クールスの北半球唯一の大陸だ。南半球にはちいさな大陸がふたつあり、サ大陸とサ=セク大陸という。アルコル=アバシュ大陸をかこむのはディソンネ海で、南の海はヤプミル海、クナヴ海、スクル海だ。サ大陸とサ=セク大陸の人口はすくなく、重要でない要塞がいくつかある程度。現在、われわれは宇宙港をはなれ、まもなく市街地にはいる予定だ」

ベッチデ人三人は顔を見あわせた。ターツはまた通信装置のほうを向き、なにか話しはじめた。いっていることはほとんどわからないが、事情はすぐに理解できた……大好きなマルタ＝マルタに興じているのだ。

「惑星のようすを話してくれただけでも驚きだな」と、ファドン。

「現在地を教えてくれたほうが、もっと驚きだ」マラガンがつぶやく。「たかが新入りに、そんな手間はなかなかかけないものだ」

「つまり、どういうことだと？」ファドンが挑発的にたずねる。

「われわれが競技会に参加するのは確実ということだ」マラガンは断言した。

「カルツィコスはどうしてそういわなかった？」

「われわれのような存在が参加できるとは考えもしなかったのさ。あれもターツだから、頭のなかにはマルタ＝マルタのことしかないのかもしれない。ほかのことには興味がないんだろう。マルタ＝マルタの競技者以外に、チャンスはないと思っているんだ」

「サイラムはマルタ＝マルタが競技種目だとはいっていなかったが！」

「もういいわ！」スカウティがいきなり声をあげた。

身を乗りだして、ターツの肩をつつく。

相手は背筋をのばし、ぽかんとした顔でベッチデ人の女を見た。

「ルゴシアードってなんなの？」スカウティが単刀直入にたずねる。

ターツは最初、質問を無視しようとする姿勢を見せた。だが、とうとう、通信機の向こうにいる対戦相手とのやりとりをしばらく中断する。

「ルゴシアードとは、参加者が自分の能力を披露する場だ」

「どんな能力を？」スカウティが重ねてたずねる。「勝つためには、なにをしなくちゃならないの？」

「ルールはない。特殊な能力ならなんでもいい」

「でも、選抜はするわけでしょ？　なにが特殊で、なにがそうじゃないか、決めなくちゃならないはず！」

「もちろん、選抜はする」ターッがうろたえたように答える。「そうしないと、だれでも参加できることになってしまう」

「そうよね！　でも……それでどうなるの？　マルタ＝マルタが得意な人がいたとして……それで選ばれるの？」

「確実ではない」ターッはどうやら、はじめてそんなことを考えたようだった。「マルタ＝マルタだけが競技ではないから」

「あなたも参加するの？」

「まさか。わたしは特殊じゃないし、それほど得意なわけでもない」

「どんな生物にも、なにか特別なところはあるもの」マラガンが口をはさんだ。「きみもさっき、マルタ＝マルタだけが競技ではないといった。たとえば、きみがとても足が速いとか、とても格闘が強いとしよう。そうするとチャンスはひろがるのか？」

「そう思うが」

ターッは外に目を向け、

「町に到着する。周囲によく気をつけるように」

三人はその警告の意図を察して、あきらめたように外を眺めた。なにがいいたいのかはわかっている。

「マルタ＝マルタと、格闘のときすばやく動ける能力と」スカウティがつぶやく。「いったいぜんたい、どんな関係があるの？」

答える者はいなかった。

クールス＝ヨトには、宇宙港と市街地を画然とくぎる境界はなかった。海につきだした砂嘴（さし）が徐々に盛りあがり、内陸に向かって建物が増えていくだけだ。やがて、味気ないホールやドームにかわって、ファンタスティックな形状の建物が多くなってくる。どれもちいさな宮殿のようだ。街路はややせまくなり、派手な看板が目につくようになる。どの看板も、長い航行中に宙航士ががまんするしかなかった娯楽がここにはすべてそろっている、と、主張していた。新入りの宿泊所のすぐ近くにある塔では、クールス最高の毛皮・皮革用品を宣伝している。近くには飲み屋もあり、なかではさまざまな種族が十数体、つややかな顔のノルダナーのまわりに集まっていた。ノルダナーはテーブル・マジックを披露して、観衆を驚嘆させている。十メートルとはなれていないところでは、一ボルクスダナーが飼いならした動物のショーを見せていた。動物は触手を動かして文字をつづり、質問に答えたり、計算問題を解いたりしている。

グライダーの操縦士は速度を落とした。街路が混みあってきて、歩行者があちこちを歩きまわっている。スカウティはマルタ＝マルタ中毒の〝ツアー・ガイド〟の肩をふたたびつついた。

「あれはルゴシアードの参加者なの？」そういって、テーブル・マジシャンとボルクスダナーを指さす。

「そうだ」ターツは簡潔に答え、すぐにゲームにもどった。

「まだ謎だらけだな」ファドンはそういい、なんらかの答えを期待するようにマラガンを見た。だが、マラガンはブーメランのような武器を手にした、路傍の一リスカーに見とれていた。湾曲した金属が、行きから車輛の屋根を何度となくかすめ、すばやい動きで障害物をよけていく。

「全員、熱に浮かされてるみたい」しばらくして、スカウティがいった。

奇妙な小屋がびっしりと建ちならんだ場所がある。小屋のなかには無毛の小柄なプロドハイマー＝フェンケンのような、グリーンの肌の生命体がいて、金属容器に息を吹きかけていた。容器のなかには虹色の粥（かゆ）のようなものが煮たっているが、どうやって熱しているのかはわからない。粥から薄い膜のようなものがたちのぼり、グリーンの生命体が息を吹きつけると、それが球体になって空に昇っていった。上昇した球体はほかの球体とくっつき、歩行者たちの頭上数メートルで奇妙な戦いをくりひろげた。どうやら、より多くの球体が集まろうとしているようだ。そうしてできた房が回転しはじめ、最終的にいくつかの部分に分かれる。そんな房のひとつが、見たところひと塊りになって下降してきた。悪臭をはなつ虹色の粥の塊りが、車輛や歩行者の行く手をふさぐ。防衛隊員たちは興奮して右往左往していた。やがて一クラン人があらわれ、障害物を押しのけようとする。だが、かれが仕事にかかろうとすると、グリーンの生命体の一体がその前に立ちふさがった。障害物に近づき、息を吹きかける……球体は浮きあがり、重さがないもののように漂っていった。

ベッチデ人三人はそれを見つめ、車輛のあいだをすりぬけるあの勇気はどこからくるのだろうと考えた。自分の作品がいちばん劇的な効果をあげる瞬間を、じっと待っていたのだ。他人をどんなにいらいらさせようと、まったく意に介していない。

だれもが驚いてはいるが、グリーンの生命体に腹をたててはいない……むしろ喝采していた。

「すばらしい！」グライダーの操縦士も声をあげ、マルタ＝マルタに興じていたターツさえ、ゲームを中断して拍手した。

「理解できるの？」スカウティがとまどいながらたずねた。

「あの者はスーパーゲームに出場する見こみがある!」通信装置の前のターツがいう。

「マルタ゠マルタの競技者ではないが、優勝候補のひとりだ」

三人は意味ありげに顔を見あわせた。ターツがふたたび通信装置に向きなおると、マラガンはいった。

「あれがどんなしかけなのかわからないことはべつにして、あのグリーンのちびが、どういう競技でルゴシアードに参加するか、想像できるか?」

「でも、まちがいなく特殊な能力だわ」スカウティが皮肉っぽく答える。「おもてむき、重要なのはそこみたいだから」

渋滞は解消し、グライダーはひろい通りに出た。突然、町のほかの部分が目にはいった。

前方で道が急に登りになり、その先には文字どおり天をつくような山々がそびえていた。ベッチデ人の感覚では、とにかく高いとしかいいようがない。山頂は雪と氷におおわれ、深いブルーの主星の光をうけてクリスタルのようにきらめいている。クールス゠ヨトの市街地は雪がはじまるあたりまでつづいていた。白と黄色のドーム、塔、宮殿といった建物が折り重なって、斜面を埋めつくしている。そのあいだに見える街路も黄色と白で、すべてが雪と黄金でできているようだ。街路は建築物の集合体をとりまき、エメラルドのようなグリーン、ルビーのような赤、サファイアのようなブルーの区画にものびている。高架道が銀色の網目状に縦横にはしり、あちこちに城のような建物が見えた。輝くような風景を背に、壁や塔が黒々ときらめいている。

「ここが山の手だ」通信装置の前のターーツがぼそりといい、しばしの魔法を破った。都市の光景にすっかり心を奪われていたベッチデ人三人は、そのターーツを絞め殺したい気分になった。「クールス＝ヨトの人口は五百万。もちろん、この数字はルゴシアード中には増加する。いま見えている山はパルス山脈のはしの部分で、山脈はこの大陸を縦断し、ここで宇宙港をかこむように湾曲している。三つある高峰はパルス山、パルス＝アルグ山、パルス＝シル山といい、八千メートルから一万メートルの標高がある」

「もういい！」マラガンがうんざりして、「町にある色鮮やかな区画はなんだ？」

「公園や広場だ。ひろいもの七つはルゴシアードのパフォーマンス場になっている。競技会と同じく、この都市も公爵ルゴが創設した。クールス＝ヨトの全施設が、ルゴシアードの開催地として必要なのだ」

「きみはクールスの生まれなのか？」マラガンがたずねた。

「いや」ターーツが驚いて答える。

「そうだと思った。ひとつ忠告しよう。きみはマルタ＝マルタに集中して、われわれにこの景色の美しさを堪能させてもらいたい！」

ほかの種族だったら腹をたてるだろうが、ターーツはいそいそと通信装置に向きなおり、マイクロフォンごしにゲームをつづけた。書類を検分していたターッツも同じようにする。操縦士だけは、操縦に集中するしかなかった。

グライダーは高架道のひとつにそって飛行した。道は銀色のベルトで、上下しながらも徐々に高度をあげ、冠雪した山頂に近づいていく。雪が積もっている手前でようやく高架道をはなれ、細い通りや公園をぬけ、黒く大きな、城のような建物に到着。

操縦士だけが席を立ち、ドアを開ける。のこるターッツ二体はゲームに夢中で、たぶん周囲でなにが起きても気づかないだろう。

「ついてこい！」操縦士がいい、〝城〟の門に向かって歩きだした。

ベッチデ人三人はそのあとをついていった。門が一行の前で開き、明るく大きな中庭が見えた。黒く輝く石でできた階段が、建物に向かってのびている。手すりは白、黄色、銀色、赤の布で飾られていた。建物の扉は純金のようにきらめいている。

「ここに滞在してもらう」ターッツは階段を指さした。「あれをあがったら、きみたちを待っている人物がいる」

それだけいうと踵を返し、行ってしまう。

階段のところまで、中庭を横切らなくてはならなかった。地面はプラスティックで舗装されている。まるで森の柔らかい土を踏むような感触だ。かれらはその感覚を楽しみ、いつしかキルクールにいたときのような、軽い足どりになっていた。

階段の下から見あげると、人影がふたつ見えた。いちばん上からこちらを見おろしている。

「こんなことだと思った」ファドンがつぶやいた。

サイラムが手を振っている。

「あがってこい！」クラン人は叫んだ。「部屋に案内しよう！」

# 3

部屋は贅沢なしつらえで、いままでの居室とは比較にもならなかった。革ばりの柔らかなシートは気分がおちつくし、室内に置かれた植物は元気があって、直接ジャングルから持ってきたかのようだ。床は柔らかく、弾力がある。十数個ある照明器具をすべて消灯しても、部屋の中央にひとつだけ、揺らめく炎のような光がのこった。

室内を見まわし、本能的に、ここは安全だと悟る。それでも三人の理性は、まだなにか違和感を捨てられずにいた。

最初に驚きを克服したのは、サーフォ・マラガンだった。振り向くと、サイラムが戸口に立っていた。

「われわれをジャングルの蛮人と思っているようだな！」と、マラガン。「どういうつもりだ？」

サイラムは狼の顔に笑みを浮かべた。

「居心地よくすごしてもらいたいだけだ」と、冷静に答える。

「われわれを待っていたようだが？」ブレザー・ファドンがすかさずたずねた。

「そうだ。ここは戦士の館だからな。きみたちは戦士に分類されると確信している。ほかには考えられないから……すくなくとも、主催者側にとっては」

「裏にいるのはだれだ？」

　サイラムは驚くほど人間そっくりに肩をすくめた。

「クラン人だ。それもまた、命令にしたがっているだけだが」

「だれの命令に？」

「わたしもよく知らない。第五十回ルゴシアードの後援者は公爵グーだ。開会式にはこちらにきて、競技も観戦するだろう。だが、ここで起きることすべてに、公爵が責任を負うわけではない」

「いずれにせよ、われわれもその競技とやらに参加するのは確定的というわけか」マラガンがつぶやく。

「まだ疑っていたのか？」

「ま、ほんの一時間たらず前、カルツィコスに強く否定されたから」

「宇宙港できみたちに挨拶していた、あのターツか？」

「そうだ」

「カルツィコスは事情をよく知らないのだ」

「きみはよく知っているということか」

クラン人は笑い声をあげた。

「わたしは一参加者にすぎない。だが、いろいろと観察してきたからな」

「わたしたちが事情を理解しているかどうか、主催者はせめて訊いてくれてもいいのに」と、スカウティ。「わたしたち、ルゴシアードでなにをすればいいのかも知らないのよ。よかったら教えてもらえる？」

「参加を招請されるのは大きな名誉だ」サイラムが真剣な表情で答える。「公国の住民の多くは、きみたちといれかわれるなら、全財産でも投げだすだろう。なにをするかについては……競技でどんな役割をはたすかは、きみたち自身が決める。その点できみたちにルールを押しつける者はいない」

「敵以外にはね」と、スカウティ。

「敵がいるのか？」

「そういう意味じゃないわ。ただ、ルゴシアードが競技会である以上、競う相手が存在するはず！」

サイラムは微笑し、たてがみを左右に振った。

「いや、敵はいない。だれかと競うわけではないのだ。最高のパフォーマンスをする必要さえない。というのも、スーパーゲームの出場者に選ばれるチャンスはごくわずかだから、たとえうまくやれなくても、それを責める者はいない」

「だとしたら、休暇を楽しむつもりでいればいいのか？」ファドンが皮肉っぽくたずねる。

「理論的には可能だが、それをやりとおすことはできないだろう」

サイラムは小首をかしげ、考えこむようにファドンを見つめた。

「ほんとうにそう思うのか？」

「確信がある」

クラン人は三人に背を向け、立ち去った。

「印象的な人ね」スカウティがそういって、ドアを閉める。「でも、どこか不気味だわ」

「きみはあの男がどれだけ速く動けるか、見ていないからな」と、ファドン。「あんなスピードは、ぜったい不可能だと思っていた」

「あれはたぶんハンターだ」マラガンが突然いった。

「ダブル・スプーディ保持者を狩っているってこと？」スカウティがぞっとしたようにいう。

三人は無言で顔を見あわせた。

冷静になって沈黙を破ったのは、ファドンだった。

「サイラムが何者なのかはともかく……これからどうする？　カルツィコスはどうしたのかな。町を案内してくれるといってたのに！」

だが、その晩、ターツが迎えにくることはなかった。

＊

ベッチデ人三人はしずかな夜をすごした。かれらのじゃまをするものはなく、朝になってドアの前を見ると、見張りさえついていないことがわかった。

中庭から物音が聞こえてくる……まのびした奇妙な叫び、こぶしをたたきつけるようなくぐもった打撃音、重い物体が高速で空を切るような甲高い擦過音。

ファドンは歩廊の胸壁に駆けよって、下を見た。

「見ろよ！」と、あとのふたりに声をかける。

三人いっしょに、異人十数人がひろい場所を使って演武しているのを見た。肉体を持った敵を相手にしている者はひとりもいない。自分自身と、想像のなかにだけ存在する敵との戦いを演じている。

ファドンはサイラムとウィスキネンの姿を探したが、中庭で訓練している者たちのなかには見あたらなかった。だが、やがてふたりが階段にすわって戦士たちを観察しながら、小声で話をしている姿を発見。

ファドンが見つめていると、サイラムが顔をあげた。

どこで見ているか知っていたんだ！　ファドンはそう思った。だが、どうしてわかったのだろう？

ふたりの目があい、サイラムはふたたび中庭に注意をもどした。一ターッが巨大な剣を一閃させ、目の前の敵を斬り伏せる……敵は実在しないが。一瞬、そのターッがコントロールを失い、ぐらついたように見えた。近くで細いザイルにつないだ重い球体を振りまわしていた、黒い肌の細身の異人が、その前に飛びだす。ターッは電光のようにすばやくフェイント攻撃をくりだした。その攻撃は相手の異人をまっぷたつにするかと思えた。

「どけ、初心者！」ターッが黒い肌の異人をどなりつける。

ベッチデ人三人は、ふだんおだやかなトカゲ生物がそれほど感情をあらわにするのを見たことがなかった。

ターッはこの出来ごとでリズムが崩れたらしく、剣をおろし、重い足どりで階段に向かった。足をとめ、手すりによりかかって、サイラムとウィスキネンと話をはじめる。

ほぼ同時にマラガンが動きだし、階段に向かった。ファドンがその腕をつかむ。

「正気か？　もしあれがほんとうにハンターだとしたら……」

「だとしたら、前から真実を知っていたことになる」マラガンが冷静に答える。かれはファドンの手を振りほどき、階段をくだった。ファドンはとほうにくれ、スカウティのほうを振りかえった。

「あとを追いましょう」と、スカウティ。「ここにいてもなにもできない。近ごろのサーフォはどこかおかしいわ。しずかすぎるもの。なにか問題があるんじゃないかと思う」

ファドンにはひとつ望んでいることがあった。できるものなら、サーフォ・マラガンをダブル・スプーディから解放したい。スプーディ一匹なら、共生体として保持者のすばやさ、知力、注意力をひきあげる。情報処理能力を向上させ、それまでは理解できなかった関係性を把握できるようにし、学習効率をあげ、全体的な適応性を増大させるのだ。すくなくとも、理想的なケースでは……スプーディにほとんど、あるいはまったく感応しない者もいるから。だがファドンが見るかぎりでは、このちいさな共生体が二匹になると、天才と狂気の紙一重（かみひとえ）のバランスが崩れる危険が大きくなるようだった。

マラガンは階段の下の一団に近づき、足をとめた。

サイラムは演武していたターツをよく知っているらしく、気づいた欠点をひとつひとつ説明していた。身振りをまじえて話をしている。マラガンはどんどんそこに近づいていくため、サイラムの手がぶつかりそうになった。すべてを見ていたファドンは、それが偶然ではないと確信した。マラガンはサイラムを挑発しようとしている。このあとのなりゆきは想像がついた。

「気をつけろ！」マラガンが即座に声をあげた。「わたしを押しのけようとするな！」

サイラムはそれを無視して、ターッと話しつづけている。どうやらターッが演武のとき、敵を一撃で倒せるような斬撃ばかりをくりだしていたことが、首肯できないらしい。

「あれが実戦だったら、いまごろ中庭は死体だらけだろう」

「実際に敵がいたわけではない！」マラガンが声に出していう。

ターッはたじろぎ、ウィスキネンはマラガンをにらみつけた。サイラムだけはなんの反応も見せない。ファドンはかえって心配になった。

「もう一度やってみるべきだ」と、サイラムがターッにいう。「まったくようすのわからない、敵の要塞に突入したと考えろ。敵のこともよくわかっておらず、必要な情報をどの敵が持っているのかも不明だが、リーダーがいることは判明している。リーダーを殺してしまったら、自分の命は助かるが、戦いは意味を失う。要塞の要員を殺すのは、あてどなくうろつくアシロスを、自分の種族の建設のため働かせるのではなく、ただ殺してしまうに等しい。いいたいことは理解できたか？」

ターッは無言で剣をつかみ、去っていった。

「ばかげている！」と、マラガン。「剣で武装しただけのターッをひとりで要塞に送りこむ者など、いるわけがない。麻痺砲で要塞全体を麻痺させればすむ話だ！」

「それができない状況もありえる」サイラムがおちつきはらっていいかえす。「それに、そういうことは関係ない。あの男にとり重要なのは、曲芸師のようにふるまうのをやめることだ」

「曲芸のようだったとは思えないが」と、マラガン。

ターツは数メートルはなれたところで足をとめ、儀式的なしぐさで剣をあげると、演武を開始した。

「もういい！」サイラムがすぐに声をかける。かれはターツがふたたび自分の前に立つまで待っていた。

「できていないな。訓練がきびしすぎたようだが、どうだ？」

「はい」ターツが悄然として答える。「がんばったのですが、やりとげられていません。教えを請うべきではありませんでした、サイラム。あなたの時間をむだにさせてしまいました」

「ばかをいうな、ガライン。時間をむだにしたというのは、おまえが技術をマスターしても、それを応用できなかったときのこと。剣を貸せ」

「ははあ、偉大なる師がお手本を見せてくれるのか」マラガンが皮肉を飛ばす。

クラン人は一顧だにせず、剣を手にすると、重さをたしかめるように動かした。

「いいだろう。こい、ウィスキネン！」

プロドハイマー＝フェンケンがすばやい跳躍で師に飛びかかる。剣が空を切り裂き、ウィスキネンは地面に落ちた。

「これは……」マラガンは硬直した。プロドハイマー＝フェンケンを見つめ、息をのむ。たしかにその目で、剣が小柄な生物を両断するのを見たのだ。それなのに、ウィスキネンはぴんぴんしている。血も流れていない。

サイラムが身をかがめて弟子を助けおこした。ウィスキネンはすこしふらついていたが、マラガンを見て、にやりと笑った。

「そこの男は、わたしがからだをまっぷたつにされたと思ったようです」

「なるほど」と、マラガン。「みごとにだまされたよ。だが、こんなのはトリックだ。どれほど練習を重ねたのか、ぜひ知りたいな。ルゴシアードでもこんなマジックを見せてくれるのか？」

「もうやめて、サーフォ！」スカウティが小声でたしなめた。「本気でけんかを売るつもり？」

「その心配は無用だ」サイラムがおちついて声をかける。「まさかわたしが、参加者を殺害した罪で、ルゴシアードから追放されたがっているとでも思うのかね？」

ターツに剣を返す。剣がサイラムの手からターツにわたった瞬間、マラガンは前に飛びだしていた。

剣を横どりし、電光のようにすばやく反転して、サイラムの長い腕もとどかないところまで距離をとる。

まだ階段の上に立っていたファドンは、憤然と手すりをこぶしでたたいた。

「なんのつもりだ？　自分もすばやく動けるところを見せたかったのか？　頭がどうかしている！」

「黙っていろ！」マラガンがうなるようにいう。「これはわたしの問題だ。さ、サイラム、剣をとりもどしてみろ！」

「わかった」クラン人がつぶやく。「譲る気はないようだな。どうか気をつけて、その剣で自分を傷つけたりしないようにしてもらいたい」

マラガンは答えない。両手で剣を握り、防御のかまえをとっている。

「わたしにやらせてください！」と、ウィスキネン。「あなたが出るまでもありませんよ！」

だが、サイラムはプロドハイマー＝フェンケンを身振りで黙らせた。それをじっと見つめていたファドンには、クラン人がいまこの瞬間、いつも以上におちついて、自制しており……危険そうに思えた。

サイラムがゆっくり前進し、マラガンは一歩また一歩と後退する。その意図は明らかだ。クラン人をウィスキネンからひきはなそうというのだろう。ファドンは暗い表情で考えた。すくなくともマラガンはまだ、ふたりを相手にするのは無理だと理解することはできている。たとえ自分は剣を手にし、サイラムとウィスキネンは丸腰だとしても。

ファドンにはこの戦いのなりゆきが見えていた。サイラムのことはよく知らないが、これまでの経験だけで充分だ。ダブル・スプーディがあっても、マラガンに勝ち目はない。すくなくとも、かれに理性の断片がのこっているかぎりは。マラガンには、剣で丸腰の相手を襲うことなどできない。やろうとしても、気おくれしてしまうだろう。その種の理性まで捨てようとはしていないから。

それとも、捨てたのか？

マラガンがしかけた。サイラムはまだ階段から遠く、ウィスキネンでさえ、ひと跳びでは到達できない距離だ。ターツの剣はベッチデ人には大きくて重すぎるが、ダブル・スプーディを持つマラガンには力と技術があった。剣が空気を切り裂き、確実にサイラムに迫る。だが、サイラムはすばやく腰を落とした。武器がその頭上数ミリメートルをかすめる。次に起きたことはまさしく電光石火で、あとで考えても、なかなか判然としなかった。

マラガンが全身の力をこめて剣をとめようとしているあいだに、サイラムはすばやく前方に跳躍した。頭でベッチデ人の脚につっこみ、相手のバランスを崩す。狩人は足を前に踏みだしながら、手にした剣を頭上に振りかぶった。振りおろす途中、からだが勝手に回転する。バランスが崩れたため、その一撃にこめた力だけで、意志に反して向きが変わってしまうのだ。同時にかれは剣の制御を失い、武器に振りまわされた。斬撃は方向が変わったことで抵抗をうけ、マラガンが瞬時にこめた力を使いつくした。

重い武器を意のままにすることはもうできない。どうにもならないまま、マラガンはなかば横向きに地面に倒れこんだ。剣がふらつき、重みで刃が下になる。どうなるかは明らかだった。マラガンの頭に肉薄する剣には勢いがついていて、直撃すれば命はない。

だが、その瞬間、サイラムがかれの横にあらわれた。右足が跳ねあがり、まだ剣の柄を握ったままのマラガンの両手を蹴る。剣の軌道がずれた。同時にサイラムの左脚がからみつくようにマラガンの太股(ふともも)をとらえ、ひきよせた。マラガンのからだが数センチメートル横にずれ、剣は頭を直撃することなく、ななめに地面につきささった。

マラガンがまだ生きていることにファドンが気づいたときには、サイラムはもう立ちあがり、剣をつかんでわきに投げだしていた。剣がガラインの足もとの地面に落ちる。ターツはそれをひろいあげ、くぐもったうめき声を洩らした。ふたりのところに駆けつけようとするのを、サイラムが片手をあげて制する。

マラガンがよろよろと立ちあがった。

「これで満足か?」サイラムが低い声でたずねる。「まだたりないなら、尻をたたいてやるぞ!」

　マラガンは痛みに顔をしかめながら口もとをゆがめ、手首をさすった。

「きょうのところは、これで満足だ」と、つぶやくようにいう。「あんたなら、べつのやり方もできたのだろうな？」

「そのとおりだ」クラン人は動じない。「だが、きみにはいい教訓になったろう」

「おろかなことをしたと思っている」

　クラン人の目がきらりと光った。

「そんなことはない」その声はちいさく、マラガン以外には聞こえなかった。「きみはたいしたものだ」

　サイラムはちらりと門のほうに目を向けた。その視線を追って、マラガンも門を見る。一ターツが中庭にはいってくるところだった。身長といくつかの特徴から、カルツィコスだとわかる。

「きみたちに用があるのだろう」サイラムがささやいた。「町を案内するはずだ。あたりをよく見て……兄弟団に気をつけろ！」

　マラガンは驚いて、無言でクラン人を見つめることしかできなかった。サイラムは微笑し、かれに背を向けて、剣を手にしたターツに近づいた。ターツはサイラムの助言をずっと待っている。

　マラガンはそのときようやく、自分とサイラムの〝戦い〟が見物人たちの注目を集めていたことに気づいた。中庭で硬直していた戦士たちもふたたび動きだし、訓練を再開する。かけ声と異星の武器のたてる音があたりに満ちるころ、ベッチデ人はカルツィコスに近づいた。

「なにかトラブルでも?」

カルツィコスは門の前に立ったまま、マラガンに疑わしげな目を向けた。

「なんでもない」マラガンは笑顔でそう答えた。同時に確信したのは、このターツが人間のまねをするのは、ごくかぎられた状況でだけだということだった。「すこし知見をひろげていただけだ。まずかったかな?」

「とんでもない」カルツィコスはあわてたように答えた。「結局のところ、きみたちはルゴシアードの参加者なのだから」

「われわれが参加者だと納得したのか?」

ターツは居心地悪そうに身をよじり、

「そうだ」と、不承不承に答えた。

「だったら、どうしておもしろくなさそうなんだ? われわれはふさわしくないと思っているのか?」

トカゲ生物の目つきにはあまりに正直に嫌悪感があらわれていたので、マラガンはその気持ちを理解し、共感さえおぼえそうになった。カルツィコスの答えを聞いて、その感情はさらに高まった。かれがその瞬間、とてつもない自制心を発揮しているのがわかったから。とはいえ、なぜそこまで興奮するのか、理由まではっきりしなかった。

「ルゴシアードへの道は、だれにでも開かれている。きみたちのような、最近発見された惑星からきて、われわれの伝統をなにも知らない人々にも」

それは心からの言葉だったが、カルツィコスが息をつまらせそうになっていることもわかった。この状況を利用してターツからもっと情報をひきだすこともできたが、マラガンのなかには同情心が生まれていた。場違いな感情かもしれないが、その力はとても強かった。

背後にしずかな足音が聞こえた。スカウティとファドンが無言で近づいてくる。

「行こうか」マラガンはターツをうながした。

カルツィコスはなにもいわずに背を向け、門の前で待っていたグライダーにベッチデ人三人を案内した。

# 4

　クールス＝ヨトはかれらがこれまでに見たなかでもっとも美しい町で、その壁の内側に五百万の人口を擁する大都会だった。住民の大部分はクラン人である。この大柄な種族は人類よりも大きな居住空間を要するため、ベッチデ人にとって、都市のすべてが大きすぎる印象だった。まるで子供が大人の世界に連れてこられたように、目の高さではなく、つねに上を見ていなくてはならない。

　カルツィコスは谷に向かう通りにグライダーを乗りいれ、三人は周囲にならんだ巨大な宮殿に肝をつぶした。この町にはふつうの住宅などないのではないか。貧しい者が暮らす簡素な建物など、なおさらだ。ターツに案内され、町の大部分を見わたせる塔の上に出ると、多少は見劣りする区画が見つかった。そんな場所さえ清潔で、それなりに裕福そうに見える。

　だが、クールス＝ヨトがどれほど驚くべき都市であっても……そのとき路上で起きていることは、とりわけ不思議に感じられた。

それまでかれらがうけていた印象だと、ルゴシアードというのは、各参加者が自分の特技をあちこちで披露する、というものだった。サイラムのヒントもこの印象を強化した。だが、どうやらかれらがこれまでに体験したことは、渦巻く乱流の最外縁にすぎなかったらしい。ありとあらゆる広場、道路の左右、建物の屋根や塔の上にまで、見たこともない、不気味とさえいえる光景が展開していたのだ。

ある場所ではさまざまな種族に属する数千人が集まり、瞑想している。べつの者たちはトランス状態になって、おかしな行動をとっている。またそれ以外の者たちは周囲に聴衆を集め、哲学的な演説をぶっている。町全体に、はりつめた空気が満ちていた。

それがとりわけ強く感じられるのは、ルゴシアードの競技場となっている七つの広場の近くだった。広場自体はまだからっぽで、この奇妙で謎めいた競技会の会場にはいりこむ者がいないよう、武装した警備員が警戒している。場所によっては厳重なバリケードが構築され、当然それに気づいた三人は、クールス＝ヨトでも兄弟団の干渉を警戒しているのだと結論づけた。ただ、バリケードの外には、競技の開始を待ちきれない人々があふれかえっていた。

低い演壇にすわって深いトランス状態にはいり、ブルーがかった揺らめくオーラをまとった一クラン人。炎でできているらしいボールでお手玉をする、黄色い肌の小柄な生命体。その横には触手一本でバランスをとりながら金言をつぶやくリスカー。身動きせずに地面から物体を浮遊させている者もいれば、からだのまわりに色とりどりの光を出現させて観衆を楽しませている者や、低い台座の上から未来を予言している者もいる。能弁な一プロドハイマー＝フェンケンは、自分が通訳をつとめる一アイ人の能力を喧伝し、質問者の思考を読んでみせると豪語している。

その合間には、両手と頭脳以外なにも使わないという治療者が、その手腕を見せたりもしていた。曲芸師や手品師がさまざまなトリックで観衆を沸かせている。

「これがぜんぶ、ルゴシアードの参加者なのか？」サーフォ・マラガンはたずねた。

ターツが同意する。

「競技の基準がなにもないように見えるけど」と、スカウティ。「だれもかれも、頭がおかしいみたいに思えるわ。あれを見てよ！」

〝あれ〟とは、地面に頭をつけて逆立ちし、そろえた両足にマルタ＝マルタの盤をのせた大柄な老ターツだった。毛むくじゃらのちいさな生物が盤の上を駆けまわり、老ターツの指示にしたがって駒を動かしている。どうやらターツは自分自身を相手にゲームをしているらしい。

カルツィコスはなにもいわなかった。見ると、やはりマイクロフォンごしに、マルタ＝マルタの指し手を指示している。

「町じゅうが遊びに狂っているのか」マラガンが考えこみながらいった。「ターツは全員マルタ＝マルタに夢中だし、それ以外の者たちも……」

どうしようもないといいたげにかぶりを振り、カルツィコスの肩をたたく。相手が反応しないので、マイクロフォンに手をのばし、いきなりスイッチを切った。

「遊ぶのはあとでいい」憤然と振り向いたターツにそういう。「これからどうなるのか、説明してもらいたい」

「卓越した能力を見せた参加者は、スーパーゲームに出場できる」カルツィコスがしぶしぶ答える。

「それはもう聞いた。スーパーゲームとは、なんだ？」

「それはいえない！」

「どうして？　なにが起きるんだ？　勝者にはなにがあたえられ、敗者はどうなる？」

カルツィコスは言葉を探したが、やがてあきらめた。

「これ以上わたしにたずねても無意味だ。きみが望む答えは持ちあわせていない」

「われわれがこのばか騒ぎに参加しないことにしたら？　なにがどうなっているのかもわからないのに、努力しろといわれても困る」

ターツの目がきらめいた。

「不安なのだな！」と、ゆっくりという。

「それは違う。用心しているだけだ。このばか騒ぎは正気の沙汰じゃないが、危険ではない。だが、スーパーゲームも危険はないと、どうしてわかる？」

「恐がる必要はない」カルツィコスがばかにするようにいう。「きみたちがスーパーゲームに出場することはないから。最高の能力の持ち主だけが、そこに到達できるのだ」

「わたしたちもずいぶん安く見られたものね！」スカウティが皮肉をいった。

ターツは無表情に彼女を見て、グライダーの操縦にもどった。高架道の上を滑るように飛び、クールス＝ヨトの中心部に向かう。すぐに前方に不透明なエネルギー・バリアが見えてきた。カルツィコスはその場所にグライダーを向けた。

「ここがエドヌク、スーパーゲームの会場だ」

「なにも見えないじゃないか！」ブレザー・ファドンが文句をいった。「あのバリアの向こうにはなにがあるんだ？」

「そういう質問には答えられないといったはず！」

「あんたも知らないんじゃないのか」と、マラガン。

「じつは、そうなのだ」ターツが当惑した顔で肯定する。「クールス＝ヨトでは、スーパーゲームだけでなく、エドヌクに関することも話題にしない」

「ふむ」と、マラガン。「ルゴシアードは今回でもう五十回めだという。あんたたって、あのなかでなにがあるのか、いままでに見たことがあるんじゃないのか？」

「それは違う。わたしはこの惑星に長く住んでいないから。ここでの任務につく前は、公国艦の第八艦長で……ルゴシアードに関わっている時間はなかった」

「なにをしでかして、こんな仕事にまわされたんだ？」ファドンが無礼な質問をする。

「これは名誉ある仕事だ！」カルツィコスは怒ったように答えた。

「あら！」スカウティが皮肉っぽく声をあげる。「いまのあなたは、新入り三人の案内係じゃない。わたしたちには名誉なことだけど、あなたにはどうかしら？」

「きみたちは……」カルツィコスはいいかけ、はっとして口を閉じた。

「われわれは、なんだって？」マラガンが即座に反応する。

「ルゴシアードの参加者だから」カルツィコスがいいつくろう。「そのことだけで、特別あつかいされる価値がある」

そういうと、ターツは操縦装置に向かい、ベッチデ人三人を〝城〟に連れ帰った。

＊

「さっき、どうしてサイラムに挑んだんだ？」門の前に立つと、ファドンがマラガンにたずねた。

カルツィコスは三人を降ろすと、すぐにスタートしていた。とても急いでいるようだった。

「向こうがそれを望んだからだ」と、マラガン。

「気がつかなかったな」

「わたしは気づいた」

「ま、いい。そうであっても、手を出すべきではなかった」

マラガンは笑い声をあげた。

「なりゆきはその目で見ただろう」と、皮肉っぽくいう。「サイラムはわたしが死なないように気を使ってくれた」

「もしかしたら、兄弟団の一員かもしれないわ！」スカウティが指摘する。

「そうは思わないな。兄弟団のことを警告していたし」

「だったら、やっぱりハンター？」

「ときどき、きみの理性に疑問を感じることがあるよ」マラガンが微笑しながらいう。「サイラムはわたしに兄弟団のことを警告した。連中の狙いがダブル・スプーディ保持者のわたしだということはわかっている。つまり、サイラムもそれを知っていることになる。知っていて、ああいう行動に出たんだ」

「いったい何者なの？　このすべてに、なにか理由があるはずよ！」

「意外と、われわれが思っているより単純な理由かもしれない」と、マラガンが考えながらいう。

ファドンが親しげにかれを肘でついた。

「ま、考えはじめたらきりがない。話はここまでにしよう」

マラガンはちいさく笑っただけで、自動的に開いた門をくぐった。

すでに日がかたむいているのに、中庭でのさまざまな訓練はつづいていた。ガラインは周囲にはりわたした紐のなかを動きまわり、剣を使って敵を昏倒させたり殺したりする練習をくりかえしている。剣の刃が紐にあたり、切れた紐が壁にぶつかる頻度から見ると、ターッはまだ殺人剣のほうに大きく支配されているようだった。

中庭のまんなかではクラン人の少年がサイラムを地面に倒そうと努力していた。その少年……大人のベッチデ人くらいの背丈しかない……は、武器を持たず、全身を使って戦っていた。一メートル以上も長身のサイラムは、少年の突きや蹴りをできるだけうけ、ときどきいい攻撃がくると、さりげなく手や足で防御していた。ふたりとも上半身裸で、地平線近くの主星の光がからだに反射している。体毛がはりつき、筋肉の動きがよくわかった。少年のまだ褐色の胸もとの毛は、すでに汗で黒っぽく濡れていた。一方、大人のサイラムの明るい色の体毛には、戦いで汗をかいているようすさえない。

三人は思わずこの戦いに見いった。少年がいらだちをつのらせ、うなるような叫びをあげて突進。サイラムはあわてることなく、攻撃をいなしていく。

「かわいそうに」マラガンがつぶやく。

「サイラムが本気であの少年を相手にしているとは思えないけど!」と、スカウティ。

「サイラムじゃなくて、少年のほうだ。感情を制御しなくてはならないのに。それができなければ、結果として痛い目を見るだろう」

「よくわかってる口ぶりね」スカウティがあてこする。

マラガンは奇妙な笑みを浮かべた。

無敵とも思える相手に対するいらだちが頂点に達し、少年はとうとう捨て身の攻撃に出た。空中に跳びあがり、サイラムの頭か頸を狙う。年長のクラン人は無造作に身をかがめ、それをよけた。少年の身のこなしは完璧で、足から着地し、瞬時に反転して背後からの攻撃にうつる。だが、サイラムはその前に足をうしろに蹴りだしていた。そこにまともにつっこんだ少年は、後方に吹っ飛び、地面にたたきつけられた。かれがまだ起きあがれないうちに、サイラムはその胸を足で踏みつけた。

「ここまでだ」と、しずかにいう。「立ちなさい」

サイラムが足をどけると、少年は息をあえがせながら立ちあがった。恥じいって頭を垂れ、胸の前で両手を握りしめて、この不均衡な戦いの勝者の前に立つ。

サイラムはとっくにベッチデ人たちに気づいていた。

「ここにいろ！」少年にそういい、三人に近づく。

「なにかたくらんでるみたいね！」スカウティが疑わしげにいった。「挑発に乗っちゃだめよ！」

「どうしてブレザーかわたしが狙いだと思うんだ？」マラガンが皮肉っぽくたずねる。

サイラムは三人からすこし距離をとって足をとめた。礼儀をわきまえてのことなのか、それともただの偶然だろうか……と、スカウティは考えた。身長二メートル八十センチメートルの巨体の前に立ち、その顔を見あげるのは、気分のいいものではない。自分が卑小に思えるから。サイラムはコンビネーションを身につけていなくても、きわめて印象的なのだ。

「たのみがある」と、クラン人がおだやかにいった。「あそこにいる少年はルジュムというのだが、手に負えないうえに、傲慢でね。ウィスキネンか、ガラインと戦うようにすすめてみた。あのターツ相手なら勝てる見こみもあるだろう、と。だが、クラン人以外と戦うのは沽券にかかわるといって、きかないのだ。かれに教訓をあたえてもらいたい。怒りを制御できないのは、見てのとおりだ」

「われわれ、きみの弟子をたたきのめしにきたのではない！」マラガンがいいかえす。

サイラムは微笑して、大きな裂肉歯をあらわにした。

「無報酬というわけではない。きみたちを手ぐすねひいて待っている連中がいる。まもなくトラブルに巻きこまれるぞ。敵のなかにはクラン人もたくさんいるはずだ。クラン人を一時的に無力化する方法に興味はないか？」

三人は驚いてサイラムを見た。

「自分の種族の弱点を教えるっていうの？」スカウティがあきれたようにたずねる。

「そうだ」

「だれかに知られたら、あらゆる惑星から追放されるぞ！」と、マラガン。

サイラムの笑みが大きくなり、狼に似た耳がぴくりと動いた。

「きみたちには関係ないだろう？　わたしのことを心配するにはおよばない！　それとも、クラン人に対する恐怖が大きすぎて、対抗できないのか？」

「ばかな！」マラガンが憤然となる。「なにをすればいい？」

サイラムはかれを見て考えこみ、スカウティに目を向けた。

「きみは女だと聞いた。わたしにとってもルジュムにとっても、それはたいした問題ではない。われわれの種族には、性別で役割を区別する伝統はないから。だが、きみたち種族は、そうではないだろう」

「スカウティは猫のように戦う」マラガンが反抗心と誇りをこめていいかえす。「キルクールのジャングルで生きぬいてきたのだ……狩人として。きみにはなんの意味もないことだろうが」

「意味はおおいにある」

クラン人はそういうと、ふたたびスカウティを見て、

「わたしにとって重要なのは、きみがいちばんちいさいということだ……すくなくとも、

肉体的に。ルジュムは皮相な考え方をするので、敵がちいさければちいさいほど、負けたときの恥辱は大きくなると思っている。これはあの子にとって必要な恥辱だ。それをうけないと、真の敵を認識することはできない」

「理解できないわ！」スカウティはとまどっていた。「わたしはあの子の敵じゃないのに！」

「もちろんだ。もし敵だとしたら、こんなことはたのめない。われわれクラン人は版図をひろげ、次々と異世界を併合してきた。スプーディのおかげで、敵を友にすることが可能になっている」

「スプーディ……」マラガンが当惑してつぶやく。

「それはきみたちの知性を増大させる」サイラムはかまわず先をつづけた。「きみたちだけではない。われわれも、ほかの種族も、その点は同じだ。スプーディは洞察をもたらす。それがなかったら、クラン艦が訪れた惑星の住人たちはわれわれを憎み、戦おうとしただろう。われわれのほうも、スプーディがなかったら、ほかの種族を見くだしていたかもしれない」

「わたしにはなんともいえないな」マラガンは考えこんだ。

「キルクール併合に関する報告書を読んだ」サイラムが笑みを浮かべていう。「きみたちにとっては、つらいことだったろう。クラン人を憎んでいるか？」

「いや」と、マラガン。「思いだしたくはないが」

かれは唇を噛んだ。ベッチデ人はソラナーの末裔だといいそうになったのだ。ソラナーははるか昔に宇宙を航行し、多くの異人と友好的な関係を結んできたにちがいない。だが、《ソル》はもう存在しなかった。惑星クラン人トラップで難破していたから。ここで祖先の偉大さをいくら主張しても、クラン人はたいして感動しないだろう。

「われわれ、きみたちの村に不幸をもたらした」サイラムが真顔でいう。「だが、きみたちはわれわれを憎んでいない。スプーディがきみたちの思考を明晰にし、われわれが不幸を望んだわけではないと理解させたから。きみたちのような種族に、できるだけ負担をかけないようにしているのだ。ただ問題は、これがどこまでわれわれ本来の意志なのかという点だ。クラン人は本来、もっと仮借ない、残虐な種族だったという者もいる」

「きみの考えはどうなんだ？」

「わたしは〝宇宙の光〟を信仰している。クラン人なら当然のことだ。だが、この光がわれわれだけを照らすとは思っていない。クラン人には使命があるが、それに失敗したら、〝宇宙の光〟はべつの種族を照らすだろう。いまは、できるかぎり多くの惑星を平和的に統合しているのはわれわれだが、遠い未来には、まったくべつの存在がこの使命をひきうけているかもしれない」

サイラムはちらりと少年に目を向けた。まだ頭を垂れたまま、夕日をうけて待ちつづけている。

「あの少年にこれから起きる事態を、それになぞらえることもできるだろう」と、小声で先をつづける。「公国の境界はつねにひろがりつづけている。進出された惑星にとって、それは手術のようなものだ。痛みのあとに安寧が訪れ、恐怖と憎悪の対象だった敵がパートナーに、ときには友にさえなるのだから。だが、理解のための戦いは周縁部だけでなく、公国内部でも起きている。しかも、われわれの理念を危険にさらすのは、アイチャルタン宙賊や被征服惑星の住民ばかりではない。最悪の敵はわれわれの内部にいるのだ。その敵は、クラン人が選ばれた種族だという信念のなかからあらわれる。

ルジュムもまた、クラン人はほかの種族に優越すると思っている。見ろ……あの子は怒りに震えている。わたしがきみたちと話をしていて、自分が望むような教えをうけられていないから。きみたちのような異人には、話しかけるのではなく、命令すべきだと考えているのだ。だが、困ったことに、あの子にはすぐれた才能がある。いつかは高い地位につくだろう。一艦隊を指揮することになるかもしれない。だれかに考えを正されることなく、いまと同じ態度で新しい惑星の併合に向かったら、われわれが築いてきたものすべてが、危険にさらされることになる」

「だれかがきちんと叱ってやればいいのでは」ファドンが自信なさげにいった。

「わたしではだめなのだ。武術で考え方を変えるのはむずかしい。わたしが関係のないことに口をはさんでいると思うかもしれないな。ある意味、そのとおりだ。だが、わたしはあの子に責任を感じている。ルゴシアードが終わったら、わたしはルジュムを連れてスキャンドに行き、教育をつづけることになっている。だが、スキャンドには、ほぼクラン人しかいないから、そこであの子の信念を変えさせるのは困難だろう」

「非クラン人に敗れたら、それだけで考えが変わると思うのか？」マラガンが疑わしげにいう。

「もちろん、そうは思わない。だが、その敗北はルジュムの信念をぐらつかせる。それだけで一歩前進だ」

スカウティは驚いたようにサイラムを見つめた。この瞬間まで、かれのすばやさは賞讃していたし、その自信満々なようすについても、ほとんど無敵だという確信に裏打ちされたものだと思っていた。彼女ははじめて、それがとても皮相な見方だったことに気づいた。

ファドンがいっていたことを思いだす。クラン人のなかには、サイラムを裏切り者と呼ぶ者もいるという。かれの弟子のなかには公国に併合された種族の者もいて、そのことで白眼視されているのだ。基本的に、非クラン人が各種技能を習得することは当然と思われている。公国を拡張しつづけたいなら、併合された種族の手助けが不可欠だから。

だが、サイラムが異種族に教えているのはクラン人古来の伝統武術で、伝統を重んじるクラン人には目ざわりにうつるのだ……とくに、自分たちが選ばれた〝よりすぐれた〟種族だと考えている者たちの目には。異種族が宇宙船の複雑な装置をあつかうというのなら妥協できるが、クラン人自身の伝えてきた武術で打ち負かされるのは、多くの者にとって、耐えられないことだった。

傲慢なクラン人を何人も見てきた三人には、サイラムの言葉が誇張ではないとわかった。スプーディを保持する者が、自動的にクラン人の盟友となるわけではない。異種族すべてを見くだすクラン人がいれば、いずれ憎しみの的になり、暴力的な対立が生じるだろう。

ベッチデ人はまだ、評価をくだせるほどクラン人という種族をよく知っているわけではなかった。公国の内部構成もわかっていないし、クラン人がつねに新しい惑星を征服し、公国に統合していく動機も判然としない。だが、とりわけ頭皮の下にスプーディをいれられたことで獲得した客観性のおかげで、サイラムがすくなくとも一点で嘘をいっていないことはわかった。クラン人は全力をあげて、平和的な無血併合を推進しようとしている。公国に併合されてもなにをすればいいのかわからない種族もいるだろうし、併合をこころよく思わない者さえいるだろう。だが、ほとんどの種族は、クラン人を知ることで、とりわけ技術面の恩恵をうける。文明が宇宙航行段階まで発展するはるか前に、宙航士となるのだから。そうした種族が……理由はどうあれ……クラン人を敵と考えだしたら、とてつもない規模の内戦が公国を揺るがすことになるだろう。

怒りをつのらせながら教えのつづきを待っている少年が、そんな状況をもたらす者のひとりになるのを、見すごすことはできない。たとえ、ルジュムが多くのなかのひとりにすぎなくても。

そんなことは自分たちベッチデ人には関係ないという反論を、スカウティは頭から追いだした。この少年ひとりを危険な信念から救いだしてもたいした助けにはならない、という議論もしりぞける。いまやキルクールはクランドホル公国の一部なのだし、キルクールの狩人は、脅威があればこれを排除するのが原則だから。

「なにをすればいいの？」と、スカウティはたずねた。

「よく考えろ！」ファドンが懇願するようにいった。「クラン人と対立すべきではない！　たとえ相手が子供でも」

「あなたの口からそんな言葉を聞くとはね！」スカウティは皮肉っぽくいいかえした。

「計画を聞かせて、サイラム！」

巨人がほほえむと、スカウティはそれまでクラン人の目のなかに見たことのない光を見いだした。それは誠実な友情の光だった。

「ここを狙うんだ」サイラムは左の腰骨のすぐ上を指さした。「瞬時に動けなくなる。

痛みは感じない。右手を見せて」

　スカウティは右手を開いた。

「かたちも大きさもちょうどいい。われわれにはむずかしい技なのだ。二本の指しか使えないから。指をぜんぶのばして、おや指を曲げて。それでいい。やってみよう……ただし、力をいれすぎないように。わたしが動けなくなってしまう」

　スカウティは疑わしげに相手を見た。サイラムが狼のように笑う。

「準備はできている」

「向こうもそうだ」ファドンが不安そうにいった。「こっちを見ているぞ」

「見られても同じだ」と、クラン人。「あの子は自分の技と肉体が完璧だと思っている。わたしのほうがすぐれていることは苦痛とともに思い知ったはずだが、異人にそんなふうに圧倒されるとは、けっして考えない」

　スカウティはもう躊躇しなかった。サイラムに近づくと、相手の筋肉が緊張するのがわかった。

「ルジュムも同じように反応するはず！」と、ファドン。

「だから、なに！」スカウティはささやき、クラン人の左腰を貫手でついた。

　強靭な肉体に痙攣がはしる。顔をあげると、クラン人の目には苦痛の色があった。だが、すぐに回復したようだ。

「とてもいい。いま以上の力はこめないように」サイラムが小声でいう。

「気をつけるわ」スカウティも小声で答えた。

「長くルジュムの相手をする必要はない。きみと戦うというだけで、もう頭に血がのぼっているはず。すぐにつかまえて、ひきずり倒すんだ。早ければ早いほどいい。ただ、気をつけて。怒りにわれを忘れたら、あの子はきみを殺そうとするだろう」

スカウティは一瞬、不安をおぼえた。どうしてこんなばかなことに関わったのか、と、自問する。

「心配はいらない」と、サイラム。「わたしがすぐに介入するし、そもそもルジュムはきみの弱点を知らないから」

「あなたは知っているの?」

クラン人は声を殺して笑った。

「わたしはどんな敵とも戦えるよう、つねにそなえている」

「はじめましょう」スカウティはそういって、少年に近づいた。

ルジュムはわざとらしく背を向けた。スカウティが正面にまわりこむと、胸の前で腕を組んで彼女を見つめる。サイラムから話を聞いていなかったら、彼女はその傲慢な態度に腹をたてていただろう。

スカウティは少年から二歩とはなれていない位置で足をとめた。ルジュムは腕を組んだまま、微動だにしない。彼女は戦いの公平さに疑問をおぼえた。この少年が敵だったら、これまでにもそうしてきたように、躊躇なく襲いかかっただろう。だが、いまはせめて警告すべきだと感じた。

「いくわよ!」と、声をかける。

褐色の胸毛の少年は顔をあげて哄笑(こうしょう)した。ルジュムはその動きに気づき、よけようとしたが、スカウティは片手をつきだした。サイラムの予想どおりだ。

反応がまにあわない。そのからだがぐったりと動かなくなって、彼女の足もとに転がった。

一瞬、サイラムにあざむかれたのではないかと恐怖する。自分がこの少年を殺してしまったら、いったいどうなる?

急いでしゃがみこみ、ルジュムの頸筋に手をあてる。しっかりした血流が感じられ、スカウティは安堵の息をついた。その視線が少年の頭に向き……そこに釘づけになった。頭部の毛が分かれて、ちいさな無毛の部分が見えている。明るい色の皮膚の下に、黒っぽい影が見えた……あるべきものより倍も大きな影が。

ルジュムはダブル・スプーディ保持者だった。

スカウティと少年の上に影が落ちた。驚いて顔をあげると、サイラムが腰をかがめて少年を見つめていた。

っきりした」
「そういうことか」と、つぶやく。かれは指でそっと無毛の部分をなでた。「これでは
「どういうこと？」スカウティがとまどってたずねる。
だが、クラン人は片手を振り、ルジュムの頭の毛をなでつけて、ダブル・スプーディ
が見えないようにした。少年をかかえあげる。
「上に行っててくれ」と、スカウティにいう。「この子を安全な場所に連れていったあ
と、すべて説明する！」
サイラムは反論の隙もあたえず、上の階に通じる階段のひとつに向かった。スカウテ
ィが立ちあがると、ファドンとマラガンが近づいてきた。
「どうしたんだ？」と、ファドンがたずねる。
スカウティは答えようとして、中庭がしずまりかえっていることに気づいた。戦士た
ちが訓練の手をとめている。すべて見られていたのはまちがいなかった。さいわい、ル
ジュムの頭部のようすがわかるほど近くには、だれもいなかったが。
彼女は無言で歩きだした。あとのふたりも事情を察し、ついてくる。
居室のドアの前でウィスキネンが待っていた。
「サイラムがくるまでいっしょにいるよ。そんなに長くはかからない」
「監視など必要ない！」ファドンが憤然といいかえす。

プロドハイマー＝フェンケンはちいさく笑った。

「できるだけ気にさわらないようにするさ」

マラガンはあきらめ、ドアを開けた。ウィスキネンがそのわきをすりぬけ、すばやく部屋に飛びこむ。三人があとにつづくと、かれは手早く徹底的に、部屋のなかを調べあげていた。ベッチデ人は無言でそれを眺めた。

「なにを探してるの？」とうとう、スカウティがたずねた。

「見つければわかるさ」プロドハイマー＝フェンケンが謎めいた返答をする。「さいわい、ここにはないみたいだ」

ウィスキネンはいちばんすわり心地のいい椅子に飛び乗り、まるくなった。それ以上、なんの説明もなかった。

# 5

ようやくサイラムがあらわれたのは、一時間近くしてからだった。

「手みじかにすませたい」と、クラン人。「ルジュムから話を聞きだそうとしたが、口を閉ざしている。兄弟団に所属しているのだろうが、それを本人に認めさせるのは困難だ。あの連中は、内部から裏切り者が出ないよう、しっかり予防線をはっているから」

「そんな連中と関係するには、ルジュムは若すぎないか？」サーフォ・マラガンが疑わしげにいう。

サイラムは当惑した顔をスカウティに向けた。

「ウィスキネンに知られてもいいのかどうかわからなくて、まだ話してなかったの」彼女はそういうと、仲間ふたりのほうを向いた。「ルジュムはダブル・スプーディ保持者だったのよ」

「まさか」と、ブレザー・ファドンが声をあげる。「だったら、どうしてあんなばかなことを？」

「ダブル・スプーディィが保持者にポジティヴな影響をあたえるとはかぎらない。きみの友のマラガンは、幸運な例だ」サイラムが微笑しながら答える。

「やっぱり知っていたのね」スカウティがつぶやいた。

「《マルサガン》で噂になっていたが、たしかなことはだれも知らなかった。だから、戦って調べてみることにしたんだ。驚いたことに、かんたんに判明した」

「それで、どうするつもり？」スカウティが不安そうにたずねる。

「どういう意味かわからないな」

「嘘ばっかり。どう対処するつもりなの？」

「べつになにもしない」サイラムはおちついていた。「可能なかぎり、きみたちを守る。それ以外はきみたちしだいだ」

「ほんとうに？」スカウティは懐疑的だった。

「それでいいとしよう」マラガンがしずかにいった。「サイラムはハンターでも、兄弟団の一員でもないということ」

「わたしはそこまで確信できないな」と、ファドン。「あの身のこなしのすばやさ……あんたもダブル・スプーディィ保持者じゃないのか？」

かれはじっとサイラムを見つめた。相手は一瞬驚いたようすを見せたが、目に心痛の色を浮かべた。

わけた。「よく見るがいい！」


「反論するのはかんたんだな」低い声でそういうと、身をかがめ、両手で頭の毛を掻きわけた。「よく見るがいい！」

ファドンはちいさな無毛の部分と、皮膚の下の黒い影を見つめた。スプーディはひとつだけだ。

「これだけでは証拠にならないと思うが」と、自信なさげにいう。「二匹めはべつの場所にいるのかもしれない」

クラン人はからだを起こし、毛並みをととのえた。

「それがありえないことはわかっているはず。第一、スプーディは共生体といちばんうまく接合できる場所を探す。すべての条件を満たす場所は一カ所しかない。スプーディはわれわれの脳内作用にポジティヴな影響をおよぼす。そのためには、関係する神経系にいちばん近く、かつ、関係する脳の部位に通じる血管にいちばん近い位置を占める必要がある。もちろん、その場所には宿主ごとの個体差があるが、同じ種族であれば、その差は数ミリメートル程度だ。第二、観察の結果、スプーディには集まってひとつになろうとする習性があることがわかっている。ダブル・スプーディの場合、二匹はできるだけ近くにいようとするはず」

「わたしたちには、それが事実だと確認する手段がないわ」スカウティが反論した。

「それに、ブレザーの論点は結局のこってしまう。あなたのスピードよ。わたしたち三人は苛酷で危険な惑星キルクールで育った。生きのびようと思ったら、すばやく反応し、本能と理性のバランスをとることをおぼえなくちゃならない。これまでにも何度か、おもてだってではないにしろ、わたしたちは特別なんだと思い知らされたわ。公国のほかの種族より敏捷で、断固とした行動ができる、と」

サイラムはちいさく笑った。

「きみたちは公国のごくちいさな一部しか見ていない」と、おもしろがるようにいう。

「その一部が、全体を代表していると思うんだけど！」

「だとしたら、外観にだまされているのだ」サイラムは真剣な口調になった。「クランドホル公国は巨大だ。多くの惑星と、さらに多くの種族を内包している。どの種族にも特性があり、さらに日々あらたな世界がくわわってくる。この進歩についていくのは事実上、不可能だ。たぶん、賢人ならすべての種族とその特性を知っているだろうが……定命のわれわれには、そんなまねはできない」

「だが、きみはわれわれが知らない種族に属しているわけではない」と、ファドン。「きみはクラン人だ……なのに、われわれが出会ったどんなクラン人よりもすばやい」

「だからダブル・スプーディの助けを借りているはず、と、いうわけか」

「そういうことだ」

「残念ながら、きみたちはスプーディをすこし誤解しているらしい。もちろんこの共生体は、適切な栄養が補給されていれば、全体的な知性を向上させる。だが、その第一の機能は、個人の特性の強化だ。リスカーの大多数は技術的操作の感覚にすぐれ、プロドハイマー＝フェンケンなら医療分野、ターツなら軍事分野が得意だ。スプーディはそうした能力を認識し、拡張させる。ただ、ときどき標準からはずれた能力を持つ個体があらわれることがある。通常の能力差の話ではない。たとえばプロドハイマー＝フェンケンにも、やや知性の劣る個体は存在する。そういう者に特殊能力が発現することはまれだ。その場合、スプーディはたんなる補助者となる。

一方、標準よりも高い能力を有する個体も出てくる。ウィスキネンはその典型だ。はじめて目にする相手でも、重要な神経経路を本能的にすばやく察知できる。スプーディがこの能力を拡張させ、本人も日々の修行をおこたらないので、いまやその効果はきわめて強大だ。この能力に気づいた当時の上官は、ウィスキネンの可能性を確信していたのだが、艦隊勤務では能力を増強させられない。そのときたまたま、わたしと出会ったのだ。きみたちのいう敏捷さだが、これもやはり素質に左右される。わたしもまた……なぜかは知らないが……敵の動きをある程度、事前に察知できた。訓練してその能力を強化し、すばやさもあがっていった結果、いまでは敵が動きだす前に、その攻撃を予測できるようになった」

「それだけであるはずがない！」ファドンはなお懐疑的だった。

「もちろん、肉体の鍛錬は不可欠だ。だが、わたしもウィスキネンも、それだけではたいした成果を得られなかったろう。才能と訓練が嚙みあって、はじめて意味をなすのだ。そのさい、二匹めのスプーディは必要ない。そもそも、二重共生体はポジティヴな効果を生じないことのほうが多い。ダブル・スプーディ保持者は、多くの場合、狂気や死に見舞われる」

「わかったわ」と、スカウティ。「あなたがダブル・スプーディ保持者でないことは納得した。兄弟団でも、ハンターでもないというわけね。だったら、どうしてわたしたちに興味を持つの？」

サイラムはちらりとマラガンに目を向けた。マラガンはなかば目を閉じ、黙って話を聞いている。

「理由はいろいろある」サイラムはゆっくりと説明した。「第一、きみたちがこのルゴシアードできわめて重要な役割をはたすと、直感的に感じた。第二、わたしはとても好奇心が強くて……競技会できみたちがどんな特技を見せるのか、興味があった。第三、きみたちのような種族は見たことがなかった。くわえて、きみたちに好感を持ったということもある」

「わたしがダブル・スプーディ保持者だと気づいたのはいつだ？」と、マラガン。

クラン人は微笑した。

「きみがターツの剣を奪って、わたしがとりかえしたときだ。きみはわたしを操ろうとした。自分自身、気づいていなかっただろうが。きみがはなった力は、ごくまれにダブル・スプーディ保持者にあらわれるものだ」

「つまり、それを知っていたわけだな」

「わたしは六年ほど前に武術の最終試験をうけた。それ以降、武器の有無を問わず、対人戦でわたしを負かした者はいない。この状況が多くの挑戦者をひきつけることは、きみにも理解できるだろう。そのなかにはおろかな者たちもいたし、ダブル・スプーディ保持者もいた。マラガン、きみならスプーディ二匹を頭皮の下に埋めこんだ者たちの考えることが、わたしよりもよくわかるだろう。たいていは大胆になり、自分は無敵だと思いこみ、全力でそのことを実証しようとする」

「その話はもういい」マラガンは居心地が悪そうだった。「ルジュムが兄弟団から送りこまれてきたのは、ほぼ確定といっていいようだな。なにが目的だと思う？」

「なんともいえないが」サイラムが小声で答える。「目的はきみだったのではないかと思う、友よ！」

　ベッチデ人三人は驚いてサイラムを見つめた。

「今後はきわめて慎重になる必要がある」と、サイラム。「とりわけ、なんらかの理由でこの建物外に出る場合だ。できれば、外出時には連絡してもらいたい。そうすれば、わたしかウィスキネンが同道できるから」

「われわれが兄弟団に連絡をつけないと、どうしてわかる？」マラガンが皮肉っぽくいう。

「きみたちならそう考えると思っていた」サイラムの口調に変化はない。「だが、わたしには、きみたちが兄弟団を信用しないという確信がある。そうでなければ、こうして相談したりせず、さっさと防衛隊に通報していただろう。とにかく、これだけは信じてほしい……兄弟団はきみたちの友ではない。利用したいだけだ。連中がかかげる目標は、公国でいい目にあっていないきみたちには、魅力的にうつるかもしれない。だが、向こうはけっしてすべてを打ち明けたりはしない」

「考えてみよう」マラガンは考えこみ、やがて立ちあがって伸びをした。「もう時刻も遅い。ここでわれわれを監視するつもりか？」

「ウィスキネンを置いていく」それは決定だった。「明朝、また会おう」

＊

夜はしずかに過ぎていく。小柄なプロドハイマー＝フェンケンは大きな椅子のなかで時間をつぶしていた。動物のようにごろごろして、いまにも眠りこみそうだ。だが、かすかな物音ですばやく頭を起こす。

翌朝、ウィスキネンは気分転換に外に出かけ、三人には自分がもどるまで待っているようにいった。三人は同意したが、ウィスキネンの姿が見えなくなると、マラガンはすぐに立ちあがり、ドアに向かった。

「外のようすを見てくる」

ファドンとスカウティもあとにつづく。ウィスキネンとサイラムは警戒しすぎだと思っていた。なにが起きるというのだ？　兄弟団も、白昼堂々マラガンにからんではこないだろう……この建物のなかには、熟練の戦士がうようよしているのだ。

そもそも三人は、兄弟団からのあらたな接触をそう悪いこととは思っていなかった。サイラムの考えは……すくなくともクラン人としては……正しいと思えるが、だからといって公国を好きになる理由はない。改善すべき点が多々あると感じていた。そんななかで唯一、変革をもとめているのが兄弟団なのだ。キルクールの狩人がこの秘密結社に共感をおぼえるのは、無理からぬことだった。

中庭ではもう訓練がはじまっていた。全員が訓練内容をすこし変更したらしく、前の日ほど混乱した印象はない。

「きみたちもそろそろ、ルゴシアード向けの訓練を開始すべきだろう」三人の背後から声がかかった。

驚いて振りかえる。

声の主はガラインだった。ターツは腰布のようなものしか身につけていなかったが、堂々たる態度で陽光のなかに立っている。かまえた剣にも陽光が反射していた。銀色の鱗(うろこ)の下から強靭な筋肉がのぞいている。

「どんな競技があるのか、まだよく知らないのだ」マラガンがおだやかに答える。「目的がわからないのに、どうやって準備するんだ?」

ターツは考えこんだ。

「たしかに、なかなかむずかしいな」と、しばらくしていう。「最有力候補の訓練を見れば、参考になるのではないか?」

「それはいいかもしれない」と、マラガン。「その最有力候補とは?」

「わが種族の者だ」と、ガライン。その声には誇らしげな響きが感じられた。ターツにとっては重要なことなのだろう。「ドエヴェリンクという」

「会えるのか?」

ガラインは中庭を指さした。

「カルツィコスに聞け」そういって、その場から立ち去る。

カルツィコスはちょうど階段の下についたところで、緩慢な動きで登りはじめていた。

「われわれの部屋に行こうとしているようだ」と、ファドン。

マラガンが無言で階段に向かう。

カルツィコスはほっとしたようすで、ベッチデ人三人が近づいてくるのを待っていた。

「わたしのような老人に、この階段は骨だよ」と、不満を口にする。三人は驚いた顔になった。ターツの口から軽口を聞いたのははじめてだ。だが、カルツィコスは軽口をたたいたつもりなどないらしかった。

「また市街を案内してもらえるのかな?」マラガンが礼儀正しくたずねる。

「いや、今回は特別な招待だ。ドエヴェリンクを訪問する栄誉があたえられた」

「なんて偶然なの!」スカウティが叫び、サイラムとウィスキネンを探して周囲を見わたした。だが、どこにも見あたらない。「出発はいつ?」

「ただちに。グライダーが待っている」

「偉大なマスターを待たせるわけにはいかない」マラガンがいい、カルツィコスの横をすりぬけようとした。スカウティがその袖をひいて制止する。

「友たちに知らせたほうがいいんじゃない?」と、声をひそめていう。

「ばかな」マラガンも小声になった。「なにが起きるというんだ? それに、カルツィコスも同行する」

スカウティはしぶしぶ譲歩した。彼女も警戒が過剰だとは感じていたが、カルツィコスと出かける前に、サイラムとウィスキネンに行き先を告げておいたほうがいいと思ったのだ。ガラインからドエヴェリンクの話を聞いたとたん、カルツィコスが招待の話を持ってきたのは、偶然にしてもできすぎている。

だが、マラガンとファドンはためらいなく招待に応じた。サイラムとウィスキネンの姿が見あたらないので、彼女はしかたなく、友のあとをついていった。

飛行時間はかなり長かった。建ちならぶ宮殿や塔のあいだをぬける銀色のリボンのような高架道は、雪をいただく山々と平行にはしり、ほぼ都市の反対側にまで達していた。けさのカルツィコスは無口だった。ほとんどずっと、マイクロフォンごしにマルタ＝マルタに興じている。保護すべき三人にはまるで注意をはらわず、興味もないらしい。だから三人は、グライダー後部に積んであった荷物のなかの果物や肉を遠慮なく消費した。

「かれの朝食だったのかもしれないぞ」ファドンがカルツィコスを指さしていった。

ターツは背後で起きていることに気づいていない。

「かまうものか」と、マラガン。「いまは必要なさそうだ。われわれ、けさはまだなにも食べてない」

三人は遅めの朝食をとり、カルツィコスの備蓄を食べつくした。やがて、グライダーが巨大な宮殿の前に着陸。

「《ソル》の精霊にかけて！」ファドンは目をみはった。「なんという眺めだ！」

そんな声があがるのも無理はなかった。

ターツがマルタ＝マルタに耽溺することは、以前からわかっている。このトカゲ生物は感情に乏しいといわれ、実際そのとおりだった。感情的になるのは、お気にいりのゲームをするときだけだ。それでも、マルタ＝マルタにこれほどの情熱をしめすというのは、これまで見たことがなかった。

ターツは宇宙船内では、ちいさな盤を使ってゲームをする。もっと大きな、装飾の施された盤も、ときどき見たことはあった。だが、ここでは宮殿と庭園が巨大なマルタ＝マルタ盤になっているのだ。なにもかもが……花壇も、芝生も、小径も、池も、四阿も……すべてが盤の一部として組みこまれていた。個々の区画はすべて正方形で、全体の盤面の一部であると同時に、それ自体もさらにちいさな正方形に区分され、ひとつの盤になっていた。宮殿の屋根とバルコニーとテラスと壁も例外ではなく、すべてゲームの一部になっている。市松模様の壁の表面には駒の映像が投影され、プロジェクターの前にターツがいて、敵の手を観察し、自分の駒を動かそうとしている。庭園の巨大な枡目のなかにもターツがいて、みずからが駒となり、枡目から枡目へと、拡声器から流れる指示にしたがって移動している。

この巨大な〝スーパー・マルタ＝マルタ〟を見た三人は、軽い眩暈を感じた。だがすぐに、このゲームのプレーヤーがひとりしかいないことに気づく。すくなくとも、対戦相手は見あたらなかった。

「ちょっとこのばか騒ぎから手をひいて、なにが起きているのか説明してくれないか」

カルツィコスがなにもいおうとしないので、ファドンはせっついた。

カルツィコスはマイクロフォンを下ろし、悲しげな目でベッチデ人を見て、

「負けた。予想どおりだが、やはり悔しいものだ」

「心から同情するよ」ファドンが皮肉にいう。「とにかく、これで話ができるわけだ。ここはなんだ？」

「見たとおりだよ。マルタ＝マルタ盤だ」

「わたしには、むしろ正方形の悪夢に見える！　どういう施設なんだ？」

「ドエヴェリンクのゲーム場だ」カルツィコスの冷徹な目に、恍惚の色が揺らめいた。

「全時代を通じて最大の。だが、行こう！　まだこんなものではないぞ」

「しかたないわね」スカウティは仲間ふたりに小声でいい、タ一ツのあとから宮殿のなかにはいった。

入れ子になった正方形があらゆるところにあった。床、天井、壁、テーブル、椅子にまで……すべてがマルタ＝マルタをモチーフにしており、そこらじゅうにターツがいて、深く集中して駒を見つめている。建物内は不気味なほどしずかだった。ベッチデ人のかすかな足音さえ、ひどく耳ざわりに聞こえる。ときどきプレーヤーのため息やうめき声がして、たいていはそのあと、声の主が立ちあがり、しずかに部屋から出ていく……敗

北に打ちひしがれて。だが、その顔には天才的な対戦相手を見た恍惚の表情があった。

三人にも、大小さまざまな盤面の関係がすこしずつわかってきた。

「ゲームはいくつかのレベルに分かれておこなわれている」と、カルツィコス。「向こうのちいさな盤面を見てほしい。いま、プレーヤーが負けた。それにより、ドエヴェリンクはひとつ高いレベルの盤面に進める。ちいさい盤面のゲームはいまのが最後だったから、この瞬間、次のレベルのゲームがはじまる。あのターツは最後まで粘ったので、再度ドエヴェリンクに挑戦できる」

その意味はすぐにわかった。ターツが新しいゲームにふさわしい大きさの駒を運んできたのだ。大きくなった盤面は、ひと部屋の半分を占めていた。一ターツがうしろにひかえ、べつのターツがヘッドフォンとマイクロフォンを用意して、すぐにゲームがはじまる。二体めのターツの役目は、ドエヴェリンクの駒を動かすことだ。

「ドエヴェリンクは最初のレベルのちいさな盤面を使い、とても多くの人数を相手にゲームをはじめる」カルツィコスが先をつづける。「レベルがあがると盤面も大きくなり、最後には宮殿全体を使ったものになる。対戦相手のほうは、いちばんちいさい盤面からはじめて、ひとつずつレベルをあげていくことになる。勝つのは不可能だが、ドエヴェリンクを相手に長く粘れたことが栄誉になるのだ」

先に進むと、大きな盤面があるだけの新たな部屋が次々とあらわれ、やがてターツ数百体が盤面の前にすわっているホールに出た。駒を動かしては、その動きをマイクロフォンに伝えている。

「比較的、高いレベルでゲームをしている者たちだ」カルツィコスが小声でささやく。ホールの荘厳さに気圧されているようだった。「盤面があまりに大きくなって、全体を見わたせないため、ここで駒を動かすのだ。外の庭園では、べつのターツが実際の駒となって動いている」

「それで、ドエヴェリンクはどこに？」マラガンは圧倒されていた。

カルツィコスの手がわずかに震えながら、ホールの反対側を指さした。

「あそこだ！」と、ささやく。

ベッチデ人に見えたのは、一ターツのシルエットだけだった。無数のちらつくスクリーンの前を、ゆっくりと行ったりきたりしている。

「もっと近づけるか？」と、ファドン。

カルツィコスは神経質に唾をのみ、片手で頭をなでた。目には苦悩の色がある。自身のアイドルを間近から見たいという希望はなによりも強いが、畏怖の念から気おくれを感じているのだ。

「いいだろう」と、やっとの思いで決断する。「ただ、できるだけ声をひそめて、それ以外にもドエヴェリンクのじゃまになるようなことは、ぜったいにしないように」

「いわれるまでもない」と、マラガンが皮肉っぽくつぶやく。

ホールのなかを歩いていくと、そこらじゅうで壁のカメラが盤面を撮影しているのがわかった。そのほとんどは、当然、ドエヴェリンクの盤に向いている。

「ぜんぶ惑星クォンゾルに転送されているのか?」と、マラガン。

「クォンゾルだけではない」カルツィコスが身震いしながらささやきかえす。「ドエヴェリンクのゲームは、ほぼすべてのターツが見ている。この瞬間を共有していないのは、公国の辺境で任務についている、不運な者たちだけだろう。クォンゾルにはこの宮殿の複製があって、だれでも個々のゲームを追体験できる。ここにすわっているのは名人と呼ばれる者たちで、八十以上のタイトルの保持者ばかり。ドエヴェリンクは百のタイトルすべてを保持していて、この四年間、負け知らずだ」

マラガンは眉根をよせて考えこんだ。

「妙だな。サイラムも武術では負け知らずだが、かれの周囲ではこんな大騒ぎにはなっていない。クラン人の武術好きは、ターツのマルタ=マルタ好きと遜色ないはずだが」

カルツィコスは肘で乱暴にマラガンをつついた。マルタ=マルタの達人のかなり近くまできていて、じゃまになることを恐れたようだ。

しばらくドエヴェリンクを観察。

ゲームの達人はまだかなり若く、ベッチデ人が知っているほかのターツとくらべると細身だった。カルツィコスや、ホールの壁ぎわにならんだ警備員とくらべると、ドエヴェリンクは優美にさえ見える。身のこなしも同族よりすばやく、滑らかに感じられた。その印象は、衣服のせいもあるように思える。公国住民のほとんどが身につけている、飾りけのない褐色のコンビネーション……裁断は各種族の体型にあわせてあるが……ではなく、身動きするたびにふわりと風をはらむ、白く軽いローブをまとっている。

やがてカルツィコスが後退するよう合図し、ベッチデ人はよろこんでしたがった。ドエヴェリンクがこの分野の達人であることは、もう充分に見てとった。

マルタ＝マルタというゲームのルールは、ターツにしか理解できないものらしい。異人では、たとえ参加を許されても、たちまち敗退してしまう。ドエヴェリンクはそのなかでもぬきんでて強く、いわばターツが異人をくだすように、やすやすとターツのプレーヤーを負かしてしまうのだ。

「なんというゲームだ！」ドエヴェリンクから充分にはなれると、カルツィコスは感嘆の声をあげた。「あれでたんなる練習試合だとは」

ベッチデ人に目を向ける。

「参考になったかね？」

「いいや」マラガンがそっけなく答える。「ルゴシアードがマルタ＝マルタの試合だというなら、話はべつだが。しかし、そんなわけはない。そうだとしたら、われわれが招かれるはずがないから。ルゴシアード自体が、ターツのためのものということになってしまう」

「ちょっと待って」スカウティがいきなり口を開いた。「サイラムの話だと、かれには特殊な能力があるから、あんなふうに不気味なほどすばやく反応できるってことだった。そういわれれば筋が通ってるようにも思うけど、やっぱり常軌を逸していると感じたの。生命体が、ふつうの条件下であんなに速く動けるはずがない……このマルタ＝マルタの試合にも、同じ感覚をおぼえるわ」

「それだ！」マラガンが叫び、そのあまりの大声に、カルツィコスはまた肘でかれをつついた。マラガンはほとんど感じてもいないようだ。声をひそめて、先をつづける。

「なにか特殊な力をしめすことが重要だと聞かされはしたが、とまどっていた。雑多なパフォーマンスを比較する、共通のものさしが見えなかったから。だが、論理的に考えて、競技の参加者の優劣を決める、なんらかの尺度がなくてはおかしい。ようやくそれがわかった！」

かれは振りかえって、遠くに見えるドエヴェリンクを見つめた。

「なにか特殊な力とは」と、小声でくりかえす。「人々が常軌を逸していると感じるもの。きのうもその一例を見た。空中に浮遊できるクラン人、相手の未来を予言する者、手を触れずに患者を治す治療者。そういう者をルゴシアードで探すんだ」

「ほとんどが、いんちきじゃないのか？」と、ファドンが疑わしげにいう。

「もちろん、それもあるだろう。だが、ほんものも存在するはず。ジェルグ・ブレイスコルのことを思いだしてみろ！　かれは他人の考えを読んで理解し、危険を事前に察知できた。《ソル》には手を触れずに重いものを動かせる者もいたとか。ドク・ミングはそういう者たちのことをなんと呼んでいた？」

「異能者ね！」と、スカウティ。

「そう、まさにそれだ。たぶんこの競技会そのものが、そうした異能力の持ち主を探しだすためのものなんだ！」

「そうだとすると、われわれは関係ないことになる」と、ファドン。

「いいかげんにしてくれ！」カルツィコスが両手を揉みしぼっていった。「しずかにしないと、ホールから追いだされてしまう！　なんという恥さらし……」

「すぐに出ていく」マラガンがいった。

三人は急いでドエヴェリンクのホールから外に出た。ターツが興じているゲームの意味がわかったいま、ホールの雰囲気は不気味に感じられた。トカゲ生物がずらりとならんで、勝ち目のないゲームで達人を相手にすこしでも長く粘ろうと、全力をつくしているのだ。それでもある程度以上に粘れる者はひとりもいない。

ふとマラガンは、ダブル・スプーディ保持者なら相手をかんたんに操れることを思いだした。ドエヴェリンクが勝てるのは、ほんとうに強いからなのか、それとも対戦相手に影響をあたえ、自滅に追いこんでいるからなのか。

　マラガンは物思いに没頭していたため、ホールにはいってこようとした一ターッと正面衝突しそうになった。相手はよけたが、かれも同じ方向によけたため、またぶつかりそうになる。マラガンは顔をしかめ、あらためて横に移動した……見知らぬターッも同じように移動する。

　マラガンは一歩後退した。

「通してくれ！」と、声をかける。

　相手は無言だった。見ると、友ふたりとカルツィコスも同じように行く手を阻まれている。さらに、覆面で顔をかくした者たちが数人、ドアのかげから姿を見せた。

　叫び声を耳にして、振りかえる。

　ひろいホールに通じるドアはいくつもあった。そこを守る警備員が、いまは床に倒れていた。覆面姿の者たちはホールに駆けこみ、ドエヴェリンクに迫っている。ロボットの姿も見えた。プレーヤーたちに武器を向け、その場に釘づけにしている。

　ターッ数体が自制を失い、叫びながら賊に突進した。だが、半分も距離をつめないうちに、麻痺して床に倒れる。ドエヴェリンクを守るように賊とのあいだに立ちふさがったターッたちも、同じ運命をたどった。ついにはマルタ＝マルタの達人ドエヴェリンクもくずおれる。かれは黒い布につつまれ、ロボットがそれを運び去った。

「なんとかしないと！」カルツィコスが狂ったように叫ぶ。

マラガンの行く手をふさいでいたターツがわきにより、混乱した現場に姿を消した。ロボットは周囲に向けて麻痺銃を発射し、ひろいホール内に動く者はいなくなる。三人は茫然とそのようすを眺めていた。

すべてが終わって覆面の賊も姿を消すと、一クラン人が近づいてきた。すでに素顔をさらしている。その顔を見てあとで告発する者は、もうのこっていないから。クラン人は上機嫌で、ベッチデ人の前に立つと笑い声をあげた。

「兄弟団の名において、きみたちには同行してもらう。いやだというなら、ここで起きたことはきみたちの責任になる。われわれもまた、実際そのとおりだと裏づけるからな！」

三人は顔を見あわせた。

「これは脅迫だ」ファドンが憤然と指摘する。「まともに聞く気にもなれない。われわれがこの件と関係ないことは、かんたんに証明できる！」

だが、スカウティは力なくかぶりを振り、二本の指を立てた。

ファドンが青くなり、

「それは考えなかったな」と、つぶやく。

この誘拐事件に無関係だと証明するだけではだめなのだ。捜査がはじまれば……防衛隊はかれら三人を検査するだろう。そうなれば、マラガンがダブル・スプーディ保持者だと、すぐに判明してしまう。

「したがうしかないようだ」マラガンが陰鬱にいう。「兄弟団に対する共感が、刻々と薄れていくな」

クラン人は勝ち誇った笑い声をあげ、前に進みでた。

宮殿内は以前にも増してしずまりかえっている。マルタ＝マルタの盤や駒があちこちに散乱し、いくつものヘッドフォンから、もう声は聞こえてこない。

庭園も静寂に満ちていた。グライダー数機が小道の上を飛行し、急速に遠ざかっていく程度だ。玄関前でグライダーが待っていた。三人は無言で乗りこみ、クラン人が操縦席にすわった。

上空から見ると、宮殿のまわりが無人になっているのがわかった。動けるターツはひとりもいないらしい。だれもがマルタ＝マルタに夢中で、防衛隊に通報できた者はいなかったのだろう。

# 6

ベッチデ人三人は不安そうに町を見やった。白昼堂々の襲撃と誘拐のニュースが、すでにひろまっているだろうと思ったから。この事件には、あらゆるターツが心底、憤慨しているはず。ドエヴェリンクはゲームの途中で誘拐されたのだ……その犯人はぜったいに許されない。

クールス＝ヨトにはターツがたくさんいる。かれらが兄弟団のかくれ場を探りだしたら、反乱者たちは絶体絶命だ。それは兄弟団のクラン人もわかっているにちがいない。マラガンがその立場でも、捕虜……としかいいようがない……に目かくしをして、どこに行くのかわからなくしただろう。なのにこのクラン人は、組織を守るためのそうした予防処置をなにもとらなかった。

その意味はひとつだ、と、マラガンは思った。脱出の可能性がない、生きては出られないところに連れていかれようとしている。

飛行時間は長くなかった。兄弟団の根城は町のまんなか、パルス＝アルグ山の麓にあった。オレンジ色の葉をつけた高い木々のあいだの、雪のように白い建物だ。建物の上には高架道がはしり、六角形の塔のすぐそばをかすめている。建物にはそんな塔が四本あった。塔にかこまれてきらめくドームがいくつか見え、そこからさらに小塔や尖塔がつきだしている。それらのあいだにはプラットフォームやちいさな庭園があり、傾斜した壁には無数のはりだし窓やバルコニーが設置されていた。

クラン人は一プラットフォームにグライダーを着陸させ、ベッチデ人に外に出るよう告げた。三人は無言でそれにしたがう。

「三歩前に進め！」と、クラン人。

赤い線でかこまれたプラットフォームの上に立つと、いきなり床が恐ろしい速度で降下しはじめた。

三人はあやうくバランスを失いかけたが、クラン人のばかにするような笑い声にむっとして、どうにか足を踏んばることができた。笑い声がやみ、あたりが暗くなる。

数秒後、プラットフォームが停止した。減速は滑らかだった。このリフトは強い衝撃をものともしない、クラン人用につくられているらしい。

扉が開くのを待つ。いくら待ってもなにも起きないので、三人は壁面を調べはじめた。照明はない。シャフトの上方には弱い光が見えるものの、助けにはならなかった。調べているうちに光は徐々に強くなり、最後にはあたり一面が薄明かりにつつまれた。希望もあらたに壁面を調べたが、そこには亀裂ひとつなく、ドアの存在をしめす線も見あたらなかった。

三人はしかたなく、現状をうけいれた。人目につかない場所で飢えと渇きで死なせるため、シャフトの底に閉じこめたとは思えない。あのクラン人は、こちらが精神的に衰弱し、壁をたたいて助けを請うのを待っているのだろう。

そんな満足をあたえるつもりはない。脱出する方法がないのなら、外部からの助けを期待して、じっと待ちつづけるだけだ。

ばかげたゲームをしかけてきた相手は、二時間もたたずに待ちきれなくなった。床がさらに数メートル下降し、ドアが開く。そこにはあのクラン人が立っていた。

こんどは笑ってなどいない。武器を手にして、身振りでベッチデ人にシャフトから出るよううながす。三人は先に立たされ、ひどく複雑な通廊を進み、階段を登りおりして、左右にずらりとドアがならんだ長い通廊に出た。

クラン人はドアのひとつを開け、スカウティになかにはいれと指示した。ファドンとマラガンも、それぞれべつの部屋にいれられる。

マラガンはせまい独房のなかを注意深く見まわした。

兄弟団によってその部屋に監禁されるのは、自分が最初ではないようだった。壁面はでこぼこしていて、染みだらけだ。マラガンはその染みをよく調べ、先人たちが壁にメッセージをのこそうとしたのだろうと確信した。ただ、あまり役にはたたない。上からプラスティック塗料を塗って、消されていたから。

設備はたいていの独房と同じ……これはどこの世界でも変わらないだろう。寝台は一体成型で、しっかりと床に固定され、分解したり、持ちあげて武器として使ったりはできないようになっている。サイズは大きい。クランカーからクラン人まで、捕虜の種族を問わずだとわかっていた。この寝台なら、リスカーからクラン人まで、捕虜の種族を問わずだれでも寝られる。反対側の壁ぎわにはテーブルと椅子があった。どちらも一体成型で、やはり床に固定されている。テーブルは高く、マラガンはどうにか天板の上が見える程度だった。椅子にすわると足が床につかなくなり、天板が頭と同じくらいの位置にくる。テーブルの横の壁にはちいさなカバーのようなものがあり、たたくとうつろな音がした。金属製カバーのはしが二カ所、わずかにすりへっている。そのシュプールの意味はすぐにわかった。ここから食事が出てくるのだろう。さまざまな種族の捕虜がそのカバーを開けて、食事をとりだしたのだ。マラガンもためしてみたが、カバーは開かなかった。まだ食事の時間ではないらしい。

独房内で、次に目だつものに近づく。水道だ。壁から短いパイプがつきだし、かんたんなレバーで操作するようになっている。その下にはまるい水盤があり、リング形の排水口があった。ごくちいさくて、小指もはいらないほどだ。

その意味はすぐにわかった。流れでた水はすぐに排出されるため、かれの知っている種族では、水をためて溺死することができない。まだ見たことのない種族でも、同じことだろうと思えた。

水盤は奥のすみにもうひとつあり、明らかにトイレ用だった。こちらには単純に穴があいていて、そこからひどい悪臭がする。

マラガンは急いで水道の前にもどった。蛇口を開き、水をすくって口にふくむ。かれは顔をしかめ、即座に水を吐きだした。そのとき、壁に注意書きが刻印されていることに気づいた。

〝タッチパネルに手を置き、五分待て。水は自動的に切りかわる〟

そのとおりにして、ふたたび蛇口を開く。最初は前のときと同じ、ひどい水が出てきたが、それはすぐに澄んだ水に変わった……まるで、慣れ親しんだキルクールの泉の水のようだ。

水を飲んで、用心深く周囲のようすをうかがう。

独房はよくできていた。寝台の上の天井は通気性があり、ひきさくのは不可能な素材でできている。厚みがあり、ある程度の柔軟性もそなえていた。それを使ってだれかを窒息死させることはできない。天井の下の発光パネルは細かい金属メッシュにつつまれている……捕虜がパネルを割ることに成功しても、武器として、あるいは自殺のために使えるほどの大きさの破片は手にはいらない。水道とトイレもはなれていて、捕虜が絶望的な最後の一歩を踏みだせないようになっていた。せいぜいできるのは、壁に頭をぶつけることくらいだろう。

兄弟団はその可能性も考えているようだった。触ってみると壁はかたいのだが、こぶしを打ちつけると、柔らかくたわんだ。

「ま、いいだろう」マラガンは声に出していった。「なにもかも考えてあるようだが、わたしに自殺する気はこれっぽっちもないから。なにがそちらの望みなのかはわかっている」

しばらく待ったが、返事はなかった。壁のカバーの向こうでちいさな音がし、開けてみると、透明なシートをかけた半円形の容器が見えた。とりだして、シートをとる。容器にはグレイの、かすかな芳香のある粥のようなものがはいっていた。スプーンもついている。ひと口ためしてみると、味気ないが、食べられることはわかった。

寝台に腰をおろし、粥を口に運ぶ。食べるほどまずくなっていくようだったが、体力は落としたくなかった。この手の食事が一日に何度出てくるのかもわからない。だから、最後は指ですくってまで、容器を完全にからにした。

そのあとは寝台に横になる。機会があれば眠っておくのは、狩人の心得だ……自然や伝統が定めた、眠るための時間でなくても。一分の半分もたたないうちに、マラガンはからだが心地よく重くなるのを感じた。

夢のなかで、サイラムが目の前に立っていた。

「警告したはず。どうして、いうことをきかなかった?」と、クラン人が詰問してくる。

「多数の覆面の敵を前に、どうにもできなかった」マラガンは夢のなかで答える。

サイラムがちいさく笑う。現実とも思えないこの瞬間、マラガンはこのクラン人の笑みに感じる違和感の正体に気づいた。サイラムはほかのクラン人と違い、笑ったときに牙を見せないのだ。唇でかくすようにしている。ふつうに笑うとベッチデ人がどう感じるかを、理解しているにちがいない。もちろん、もう慣れはしたが、サイラムの〝抑制された〟笑いのほうが安心できるのはたしかだ。

笑い顔が消え、マラガンの目の前に、高く奇妙な木々にかこまれた風景がひろがる。不気味なほどの高さだ。幹はかたくぶあつい、しわだらけの樹皮につつまれている。樹冠は遠く、いくつかの太い枝の先端には、赤みがかった虹色にきらめく球果がぶらさがっている。木々の下には赤みの強いオレンジ色の草が生え、林間の空き地にも同じ草がはびこっている。

その空き地にサイラムが立っていた。上半身は裸で、胸のグレイの体毛が青みがかった恒星の光に奇妙にきらめいている。片手に棒を持ち、その棒の一端には短い鎖がついていて、もう一本の棒とつながっている。

木々の下には、マラガンがはじめて見る生物が二体立っていた。頭部はちいさいが肩幅はとてもひろく、六本ある腕と脚はどれも長い。それらがゆっくりとクラン人に接近する。

最初の一体がそばまできた瞬間、サイラムが電光のように棒を振った。夢に特有の感覚で、マラガンはその動きをスローモーションで観察している。一本の棒が後方に向かって四分の一円を描き、もう一本が前方に振りおろされて、一体めの敵の額を直撃する。そのあとはスピードがあがり、マラガンの目ではほとんど動きが追えなくなった。片方の棒が標的をとらえ、衝撃で一瞬その動きがとまったときに、ちらりと見えるだけだ。

奇妙な生物はどちらも地面にのびてしまった。サイラムは前後に足を動かし、鎖でつながった棒を振りまわしている。マラガンは二体が死んだのではないかと思い、ぞっとした。

ふたたび唐突に場面が変化し、異生命体の姿が消える。サイラムだけがそこにのこっていた。

「あの二体はなんともない。頭蓋骨がとてもかたいのだ。そういう点を、つねに考える必要がある。攻撃する前に、敵がどこまで耐えられるかを知らなくてはならない。忘れるな。大切なことだ」

「考えてみよう」マラガンは約束し、そのあとは夢も見ずに眠った。

かすかな物音で目がさめた。横になって目を閉じたまま、その物音に神経を集中する。だれかが独房のなかにいた。身動きせず、息を殺しているが、それでも気配を感じる。マラガンは寝返りを打ち、軽いいびきをかくまねをした。相手はその意味がわかるらしく、ほっと気をゆるめるのが感じられた。耳をそばだてつづけると、気配が近づいてくるのがわかった。

なにか濡れた、冷たいものが手に触った。柔らかな、おや指のない前足が、マラガンの右腕をなでる。なにをするつもりなのか、それでわかった。この異人は自分に薬物を投与し、意志力を弱めて、兄弟団の意のままにしようとしている。

そうはいかないぞ。手段を誤ったな！

すばやい動きで相手の手をはらいのけ、飛びおきて、攻撃する。

異人は悲鳴をあげた。独房内の薄闇のなかに、黒っぽい塊りが床に倒れているのが見えた。攻撃が相手の急所にあたったらしい。

そんなことはどうでもいい！

ドアが開いている。外の通廊はまだしも明るかった。急速に接近してくる足音が聞こえる。開いたドアに駆けより、耳を澄ました。床に倒れた異人の悲鳴は、もうやんでいる。急にしずかになったので、通廊の足音がはっきりと聞こえた。マラガンは口もとをゆがめた。あらたな敵はクラン人だ。足音でわかる。

クラン人はドアの外で足をとめた。ちいさな擦過音で、相手が武器をぬいたのがわかる。マラガンは息をとめ、身動きせずに待ちうけた。

クラン人がためらいがちに一歩前進し、ドア枠のなかに立った。ちいさなライトが点灯する。その瞬間、マラガンは攻撃にうつった。貫手で異人の腰をつく。相手は声もなくその場にくずおれた。

武器とライトを奪い、クラン人のからだをまたぐ。ドアは開けはなしておくしかなかった。クラン人のからだは、半分が独房のなかに、半分が外にある。その重いからだをなかにひきずりこむことはできるが、時間が惜しかった。

ドアの開閉操作を見る機会は三度あり、やり方はわかっていた。ブレザー・ファドンとスカウティを解放する。ふたりとも眠っていたが、すぐにはねおき、質問はしなかった。

しずかに通廊に出る。

「きた道をもどるの?」どっちに進むかを決めるとき、スカウティがたずねた。

「いや」と、マラガン。「それだと、確実にシャフトでつかまってしまう」

かれは建物の奥に目を向けた。どっちからきたかはわかっている。マラガンは……キルクールの狩人ならだれでもそうだが……すぐれた方向感覚を有していた。ダブル・スプーディがその能力をさらに強化している。

「こっちだ！」そういって、右手の短い通廊を指さす。つきあたりには階段が見えた。

「上に向かって、そのあとまた右だ」

途中だれにも出くわさなかったのが、かえって不安だった。三人のほかにはだれもいないかのように、人の気配が感じられない。だが、脱走が露見すれば、その印象は一瞬で変わるはず。だからこそ、急いだ。

階段で上の階に出て右に進むと、薄暗い、ひろいホールに出た。柱が何本も、黒々と立ちならんでいる。その向こうのガラスの壁ごしに、クールス＝ヨトの夜景が光り輝いていた。

ただ、三人と自由とのあいだには、ガラスの壁を警護する数十体のロボットが立ちふさがっていた。

「ここはだめだ」マラガンが狩人の指言語で伝える。「ほかを探そう！」

柱を掩体にとりながら、急いでホールを横切る。それでもロボットには発見できたはずだが、なぜか一体も動きださなかった。三人はホールをぬけ、ほっと息をついた。ふたたび通廊を急ぐ。やがてマラガンは急に足をとめ、鼻をひくつかせた。薬草と雪のにおいがする。それをたどっていくと、しばらくして、ちいさなテラスに出た。

幸運が信じられなかった。目の前には公園があるだけだが、そこならかれらは危険を感じなかった。木々や藪のあいだは、ベッチデ人のホーム・グラウンドだから。

テラスから外に出ようとしたとたん、まるで地面から湧きでたように、ターツ数体とクラン人数人が出現した。三人に武器を向け、ひとりが皮肉っぽくいう。

「よし、脱出行はそこまでだ」

三人は怒りと悔しさで叫びだしそうになった。兄弟団は自分たちを泳がせていた。とっくに発見していたのに、わざとここまで逃走させ、脱走を再度くわだてる気力をくじこうとしたのだ。

＊

三人は独房に連れもどされた。マラガンが昏倒させた異人とクラン人は、すでに運びだされていた。

一時間後、一クラン人がはいってきた。

「そうしたいなら、困難な道を選ぶこともできる。わたしがこの手できみを荷物のように縛りあげ、ひきずっていくまでだ。だが、自発的についてくる道もある」

「どこに？」と、マラガン。

「それを教えるのは、まだ早い」

「いいだろう」ベッチデ人はそういって立ちあがった。クラン人はわきにより、マラガンは銃をつきつけられて、ドアに向かった。

「左だ！」と、クラン人。

「われわれをどうするつもりだ？」通廊を歩きながら、マラガンがたずねる。

「きみには関係ない」

「あんたの態度はじつに友好的だな」

クラン人は黙りこんだ。

マラガンは、ほかとなんら変わりのない、一枚のドアの前で停止させられた。クラン人にドアを開けろといわれ、開けた瞬間、はげしい衝撃とともに、部屋のなかに吹っ飛ばされた。

着地は柔らかかった。床に厚いカーペットが敷きつめられている。だが、マラガンはどこかを痛めたようなふりをした。ゆっくりと立ちあがりながら、時間をかけてあたりを見まわす。

そこは家具のすくない、ひろい部屋だった。壁ぎわには棚がならび、各種の記録がならんでいる。本のほか、紙や革やフォリオの巻き物もある。特徴的なグレイの箱は、マイクロフィルムをおさめたものだろう。部屋の中央には大きな作業デスクがあり、その前に一クラン人がすわっていた。

「何者だ？」マラガンはたずね、背筋をのばした。

「わたしの名前はどうでもいい」クラン人の声は深く、感情がなかった。「〝啓蒙されし者〟と呼ばれている」

「われわれを誘拐した賊の親玉ということか？」

「そうだ」

「このばかげた騒ぎはなんなのだ？　なぜここに連れてきた？　われわれ、なにも知らないのだが」

「きみたちがちょうどあのときドエヴェリンクを訪問していたのは、偶然ではない」

マラガンは驚いてクラン人を見つめた。

「それはどういう意味だ？」と、ようやくたずねる。

「いまいったとおりだ。あれは偶然ではない。あの時間にきみたちがドエヴェリンクのところにいるよう、われわれがお膳だてした」

「つまり、カルツィコスも仲間ということか！」

クラン人は牙を見せてちいさく笑った。

「違う。あの男はなにも知らない。ただの道具だ……きみがこれから道具になるのと同じく」

冷たい怒りがベッチデ人を満たした。

「そうかんたんにはいかないぞ！」マラガンは威迫的にいい、クラン人に意識を集中して、ダブル・スプーディの力で操ろうとした。「われわれを解放するのだ！」

クラン人は哄笑した。

「わたしに力を振るってもむだだ」と、ばかにするようにいう。

啓蒙されし者は椅子の背にもたれかかり、マラガンを見つめてつぶやいた。

「きみのダブル・スプーディはうまく適合している。ずっと見ていたが、実際、きみはわたしの計画にだれよりも適しているように思える」

「なんの計画だ？」クラン人がまた黙りこんだので、マラガンは憤然と叫んだ。「なぜ、わたしにそんな話をする？」

「きみにあと二匹、スプーディをあたえる！」クラン人が宣言した。

マラガンは言葉を失った。無言で相手を見つめる。

スプーディをあと二匹！

「ばかげている！　それどころか……死んでしまうだろう！」

啓蒙されし者は恩着せがましい笑みを浮かべた。

「ひとつだけ信用していいぞ。きみの健康を害するつもりはない。むしろ逆だ。きみを生かすため、最大限の努力をする」

「なんのためにスプーディ四匹が必要なのだ！」

「ドエヴェリンクに対抗できるのが、きみしかいないと思えるからだ」

「まったく意味がわからない」マラガンは身震いした。

「かんたんなこと。ドエヴェリンクはルゴシアードの有力候補だ。スーパーゲームへの出場が見こまれる者をだれかあげるとすれば、あのターツをおいてほかにいない。ほかのルゴシアード参加者はすべて、ドエヴェリンクを基準に評価されることになるだろう。きみがあの男に見劣りしてはいけない」

「なぜ？」

「きみを確実に、惑星クランに送りこむためだ」

マラガンはためらい、怒ったように首を左右に振った。

「ばかな。あんたたちの目的はクランか？　要するに、賢人に関することを探りだしたいのだろう？」

「そうだ」

「だったら、わたしはスプーディ二匹でたくさんだ……それでさえ重荷なのだから。どうにかして、クランにもぐりこむさ」

「われわれのために働くと？」

「たぶんな」

「自分をだまそうとするな……なにより、わたしをだまそうとするな。きみが納得してわれわれの仲間になることはない。疑念があまりにも多すぎるから。それはこれからも変わらないだろう」

「それはたしかだ。われわれを捕虜あつかいするかぎり、変わりようがない。どうしてこういうやり方を選んだ？　きちんとたのまれれば……」

「ばかばかしい！」クラン人はかれの言葉をさえぎった。「承諾したかもしれない、とでもいうつもりかな。だが、われわれがクランに送りこむスパイは、きみが最初だと思うのか？　きみ以前にも、兄弟団の支持者を何人も送りこんだもの。兄弟団を裏切ったり、任務に失敗したりするくらいなら、みずから死を選ぶような者たちだ。だが、クランに潜入すると、だれもが連絡を絶ってしまう」

啓蒙されし者は身を乗りだし、射ぬくようにマラガンを見つめた。

「しかし、きみが心変わりすることはない。この建物を出たあとは、ルゴシアードで勝ちのこることへの熱望にとりつかれるだろう。その熱望は永続する。だれにも変えることはできない。四重スプーディを保持する者は、どんな相手からも影響をうけたりしないから」

「実際にやってみたのか？」おちつきをとりもどしたマラガンがたずねる。

「当然だ」

「その者たちをクランに送りこんだのか？」

「いや。だが、それは送りこむ前に正気を失い、死んでしまったからだ」

「気が休まる話だな！」

「試験体の能力が不充分だったのだ。きみは違う」

啓蒙されし者がボタンを押すと、ターツが二体はいってきて、マラガンの腕をとり、奇妙なにおいのする部屋にひきずっていった。マラガンは手術台に縛りつけられた。プロドハイマー＝フェンケンが二体あらわれ、注射を打つ。かれはたちまち眠くなった。

右の耳もとで抑揚のない声が聞こえる。声は同じ言葉をくりかえしていた。

「きみは兄弟団の一員だ。兄弟団を愛している。兄弟団の命令なら、なんでもする」

マラガンは憫笑した。

「そうしたければずっとつづけてもいいが、わたしはなんの影響もうけないだろう」

それだけいうと、目を閉じて眠りこむ。

それでも声は語りかけつづけ、数時間にわたってやむことがなかった。プロドハイマー＝フェンケンは薬物を注入しつづけ、マラガンは熱に浮かされたような半覚醒状態のまま、ずっとその声を聞かされた。声はかれがなにをすべきかを告げ、マラガンは気分が悪くなって、声に耳をかたむけはじめた。声はちいさく親しげになり、なぐさめと約束をあたえ、かれが兄弟団の一員で、そのために献身するのだとささやきつづける。

とうとうマラガンは、耳から聞こえてくる声を信じるにいたった。

「そうだ、わたしは兄弟団の一員だ。兄弟団の命令なら、なんでもする」

声はかれに眠るようにいい、マラガンはすなおに目を閉じた。

ふたたび目ざめたときは、打ちのめされたような感覚があった。一瞬、自分がどこにいるのか、なにが起きたのか、わからなくなる。だが、啓蒙されし者が手術台に近づいてくるのを見て、記憶がよみがえった。

「どうだ？」相手がにこやかにたずねる。「任務を遂行するかね？」

マラガンはまだ自意識のかけらをわずかにのこしていた。

「断る！」と、答える。

だが、その瞬間、その最後のかけらが霧消した。

「命令にしたがう」

クラン人が合図すると、一プロドハイマー＝フェンケンがちいさな容器をふたつ持ってきて、マラガンの頭にスプーディ二匹を置いた。皮膚がちいさく切開されると、共生体はたちまちそこから内部にもぐりこんで、ダブル・スプーディと融合した。

今回はすぐに効果があらわれ、マラガンは即座に理解した。自分は意志に反して条件づけされたのだ。期待の笑みを浮かべる啓蒙されし者を見て、殴りかかりたくなった。だが、なにかにひきとめられてしまう。

サーフォ・マラガンは恐怖とともに悟った。あの抑揚のない声による命令が脳の奥に食いこみ、声が禁じた行動はとれなくなっているのだと。

最後の希望はふたりの友だ。かれらがスプーディの除去を手伝ってくれるにちがいない。この文明化された惑星クールスでなら、そう困難なことではないはず……だが、スカウティとファドンに、あらたな共生体のことは話せないのもわかっていた。

マラガンは暗い考えに沈みこんだ。啓蒙されし者が出ていったことにも気づかず、ひとつのことだけを考える。自分はみずからの意志に反し、兄弟団のために惑星クランに向かうことになる……その前に正気を失わなければ。

# 有力候補

マリアンネ・シドウ

# 1

クールス＝ヨトは熱気につつまれていた。第五十回ルゴシアードの開会日が近づいているのだ。だが、今回はすばらしい競技に対する期待だけでなく、ぴりぴりした不安もひろがっていた。

理由はかんたんである。ターツにとってただのゲーム以上のものを意味するマルタ＝マルタの達人で、他の追随を許さない最有力候補のドエヴェリンクが誘拐されたからだ。過去に例のない、数百体を同時に相手にするスーパー対戦の途中、兄弟団の一党がドエヴェリンクを襲撃し、誘拐した。周囲にいたターツたちは、だれもすばやく対応できなかった。ドエヴェリンクの身の安全より、ゲームに夢中になっていたから。いまやクールス＝ヨトじゅうにあふれている警備員は、居眠りでもしていたようだった。

この大胆な事件のあと、市内は大騒ぎになった。

ルゴシアードはクランドホル公国の最重要行事のひとつである。居住者のいるあらゆる惑星が代表団を惑星クールスに送りだし、どのグループにもそれぞれ有力候補がいる。同様の事件がくりかえされることはなかったが、ルゴシアード参加者とその世話役たちは、自分たちにも危険が降りかかる恐れがあると、突如として自覚した。すくなくとも、かれらにはそう思えたのだ。

サイラムとウィスキネンは、もうすこし事態を見通していた。

ドエヴェリンクはターツの最有力候補というだけでなく、競技そのものの象徴だった。兄弟団は誘拐の標的を適当に選んだわけではない。ルゴシアードにつづいて開催される〝スーパーゲーム〟に出場する可能性がもっとも高い者を選んでいる。しかも、消えたのはドエヴェリンクだけではない。そのとき巨大な〝スーパー・マルタ＝マルタ〟競技を見学していたベッチデ人三人も連れ去られた。

クールス＝ヨトの人々にとって、三人が消えたのはたいした事件ではなかった。ベッチデ人は最近発見されたばかりの惑星からきていて、パフォーマンスを目だたせるための随行員も連れていない。ルゴシアードにベッチデ人が参加してもしなくても、まったくどうでもいい……エドヌクでおこなわれるスーパーゲームでベッチデ人を見ることはないだろうから、と。

サイラムとウィスキネンには、この点に関していいたいことがたくさんあったが、どちらも口を閉じていた。波風をたてても意味はない。とはいえ、事態を座視していたわけではなかった。誘拐された者たちを全力で捜索していたのだ。そのさい、ドエヴェリンクよりも、むしろベッチデ人三人の捜索に力をいれた。

もちろんタアーツたちは血まなこでドエヴェリンクの行方を探しているし、クールス＝ヨトの防衛隊は兄弟団の一党を追いかけている。これならサイラムとウィスキネンが探す必要はなさそうに思えるかもしれない。だが、かれらにはどうしても気になることがあった……

*

クラン人サイラムの忍耐は限界に達しそうになっていた。かれの場合、これはそうとうな事態だ。子供のころからずっと、感情を制御する訓練を積んできているのだから。

いま、かれの前には、いっさいなにも語ろうとしない頑固な少年がいた。

ルジュムは前日、女クラン人ニルムからの推薦状を持ってサイラムのところにやってきたのだった。スキャンドへの異動命令と、数枚の証明書も持っていた。ニルムは伝説の公爵ルゴの直系の子孫で、クールスでもほかの惑星でも高い名声を誇っている。彼女になにかたのまれたら、それは命令と考えたほうがよかった。そのニルムから、少年の教育を依頼されたのだ。スキャンドへの異動命令が付属しているのにも、それなりの理由があった。ルゴシアードが終わったら、そこにうつることになっていたから。証明書によると、ルジュムは常軌を逸した能力の持ち主とのことだった。

　こうしてサイラムは、あらたな弟子をとることになったのだった。

　推薦状と異動命令については、当面、性急な判断はできない。一方、証明書のほうは、確実に偽物だと思えた。とてもよくできた偽造書類だ。この証明書を偽造した者は、サイラムが弟子にする者について徹底的に調べあげることを知らなかったか、かれのことを完全に見くびっていたかだろう。いずれにせよ、ルジュムは証明書に記された水準にまったく達していなかった。だが、サイラムは気にしない。そんなことには慣れっこだったから。かれはクラン人の伝統武術の最高の伝承者とされていて、この六年間、一度も戦いに敗れたことがない。異種族に武術を教えたりしなければ、種族の英雄となっていただろう。だが、一部の有力者は、非クラン人とも親しくつきあうサイラムのやり方を目ざわりに感じていた。また、不正な手段を弄してかれに近づこうとする者も、あとを絶たなかった。少年もそんな狂信者のひとりといえたかもしれない……ダブル・スプーディの保持者でなかったら。

　サイラムは特別な立場にいるので、ほかの者が目にできない書類を手にいれられる。戦士の館に逗留しているかれは、その門をくぐる前から、だれがルゴシアード終了までそこにのこることになるか、わかっていた。

ルゴシアードに最後までのこってスーパーゲームに招請される者全体とくらべれば、戦士の館に宿泊する武術家は数がすくない。ルゴシアードを勝ちのこるには、剣のあつかいが特別うまかったり、突きが速かったりするだけではたりないのだ。サイラムはわずか数分で、今回、この分野に有力候補はいないと判断した。ただ、未知ファクターがある。ベッチデ人三人だ。かれらは謎だった。どうしてルゴシアードに参加することになったのか、見当もつかない。その来歴は驚くべきもので、なにより失敗談だらけだ。あの三人がなにごともなく艦隊生活になじむなど、不可能なことに思えた。かれらを評価するなら、〝天才的〟から〝常識はずれ〟といった範囲になるだろう。

違法なダブル・スプーディを保持していたルジュムは、たぶん兄弟団の一員と考えられる。ハンターに通報すべきだったが、サイラムは真実がすべて明らかになるまで、あるいは、むりやりすべてを聞きだすまで、待つことにした。

「きみがここにきたのは、ベッチデ人がいたからだろう」サイラムは強いて自分をおちつかせ、そういった。「白状してはどうだ?」

少年は無言だった。

「あの三人以外に、兄弟団が興味を持ちそうな者は、ここにはいない。きみはなにを命令された?」

ルジュムは顔をあげようともしない。椅子にすわって背をまるめ、床を見つめている。

まったく話を聞いていない印象がある。奇妙な夢にひたりきっているかのようだ。

これでは意味がない、と、サイラムは思った。たとえ自分の命に関わると思ったとしても、ルジュムはなにも答えないだろう。兄弟団はゲームを操り、自分たちは安全な場所にひそんでいる。

サイラムは立ちあがり、部屋を出た。ルジュムは気づいてもいないようだ。ドアを閉め、少年が逃げないように施錠して、あたりを見まわす。ウィスキネンはまだもどっていなかった。町の見まわりに出ていて、しばらく時間がかかるだろう。

戦士の館を出て、グライダーに乗りこむ。ニルムの居場所はわかっていた。

しばらくのち、サイラムはターッの偉丈夫の前に立っていた。身長はかれの胸あたりまでしかないが、横幅は倍くらいある。

「なんの用です？」ターッがつっけんどんにたずねた。

「ニルムと話がしたい」サイラムは名を名のった。「とりついでくれ」

「ニルムはだれとも話しません」ターッはそういって、後退した。門が自動的に閉まる。扉の動きはすばやくて、生命体がその隙間をすりぬけるのは不可能だ。だが、サイラムはそれ以上にすばやかった。

クラン人がもう目の前に立っていた。ターッには黒い影しか見えない。二度めに見たときには、招かれざる客を両手で押しだそうとした瞬間、一撃され、入口ホールの反対側までななめに吹っ飛ぶ。ターッは驚いてサイラムを見つめた。

「とりつぐのだ！」クラン人がおちついた声でいう。

ターッはふらふらと立ちあがった。

「あなたは、〝あの〟サイラムですか？」と、小声でたずねる。

クラン人は微笑しただけだ。

「先にいってくれないと！」ターッがおどおどとつぶやく。「すこしお待ちを」

ターッは小部屋に姿を消した。なにか話しているのが聞こえる。そのあとべつの声がして、小部屋から出てきたターッが、サイラムについてくるよう合図した。

三階にあがると、ニルムが駆けよってきた。小柄で華奢な女は……クラン人の基準でだが……いつものコンビネーションではなく、柔らかい素材の白い部屋着姿だ。そのため、いっそう細身に見えた。

「だれもとりつがないように！」

女クラン人はターッにいい、サイラムに向きなおった。しきたりどおり挨拶したあと、かれを居心地のよさそうな部屋に通す。

「ずいぶん久しぶりね」ニルムが目を輝かせていった。

「五年ぶりです」と、サイラム。

「もっと長く感じたわ。クールスにきているとは思わなかった。ルゴシアードの見物に？」

「参加することになると思います」サイラムは微笑して答えた。

ニルムは驚いた顔になった。

「聞いていなかったわ。どういうことなの、サイラム？　秘密にしていたか……口外しないようにいわれたの？」

「両方ですが、いまはどうでもいいことです」

「でも……」

「わたしが決めたことではありません」サイラムは相手の言葉をさえぎった。「これ以上はご勘弁を。きょうはあなたの推薦状を持ってきた少年の件できました。ルジュムという名前ですが、おぼえていますか？」

ニルムははっとした。

「ええ、タルニスの息子ね。なにか問題でも？」

「いいえ」サイラムはそう答えながら、忙しく考えをめぐらせた。

タルニスはクールス＝ヨトに三人いる都市管理者のひとりだ。サイラムも一度会ったことがあり、ものしずかで慎重な男だったと記憶していた。どんな問題にも賢明に、公正に対処する。管理者三人のなかで、もっとも信頼のおける人物だった。

「タルニスから推薦状を依頼されたのですか？」

「いいえ、ルジュム本人からよ。あなたを崇拝していて、どうしても弟子になりたいといって。わたしがあなたを知っていると聞いたらしくて、何時間も質問攻めにされたわ。とても才能のある子ね」

「ルジュムが戦うのを見ましたか？」

「ええ、何度か」

「あなたも対戦しました？」

「負けるのは嫌いよ！」

サイラムは相手を見て、考えこんだ。ニルムはほとんどだれとも対戦しないが、古来の武術を七段まで習得している。ルジュムの技倆(ぎりょう)はそれよりずっと下だ。なにかがおかしかった。タルニスが自分の息子を、クラン人は他種族よりもすぐれているという価値観の持ち主に育てるとも考えにくい。

もちろん、ダブル・スプーディが変化をもたらした可能性はあった。二匹の共生体がルジュムの反応を阻害しているため、学んだことが行動にうつせず、性格にもその影響が出ているのかもしれない。

サイラムは少年をうつした映像を呼びだし、ニルムに見せた。

「これがルジュムですか？」

彼女はまじまじと映像を見つめ、しばらくして、

「たしかですか？」

「そうね」ニルムがためらいがちにいう。「まだ少年だし、こういう映像がどう見えるかはわかるでしょう。同年代の、よく似た子かもしれない。でも、確認するのはかんたんよ。ルジュムは狩りに出たときドダルに襲われて、右の太股に二カ所、傷を負ったの。まだ傷痕がのこっているはずよ」

サイラムはうなずいて、立ちあがった。

「もう行ってしまうの？」ニルムが残念そうにいう。

「お望みなら、またきますよ」サイラムは約束した。

「だいたい、なにがあったの？　ルジュムがどうかしたのかしら？」

「まだわかりませんが、解明してみせます。ひとつお願いがあるのですが、ニルム。タルニスにはまだいわないでください！」

ニルムは気にいらないようだったが、それでも黙っていると約束した。サイラムをドアの前まで送る。サイラムはあたりを見まわしたが、警備のターツの姿はなかった。

「かれ、あなたに悪いことをしたと思ってるのよ」ニルムはまっすぐにサイラムの目を見つめた。「ときどき、ちょっとやりすぎてしまうことがあって。それにターツはいま、みんな神経質になっているわ。無理もないけど」

「ええ」と、答えた。

「まったくです」と、サイラム。「わたしも気にかけている、と、伝えておいてください」

ふたたびグライダーに乗りこんだとき、急に強い不安を感じた。その種の感覚は真剣にうけとるべきと知っているサイラムは、最大価で加速して戦士の館にもどった。

少年をのこしていった部屋のドアが開けっぱなしになっていた。ルジュムが床にうずくまり、しまりのない笑みを浮かべている。頭には包帯が巻かれていた。

なにがあったのかは、考えるまでもなかった。だれかがスプーディを二匹とも除去したのだ。もちろん、それですぐに少年の知性が低下するわけではない。薬物を使ったのだろう。

サイラムは悪態をつきそうになるのをかろうじておさえた。少年に、上着を脱いで寝台に横になるよう指示する。右の太股を調べると、二カ所で毛が白くなっているのがわかった。毛を掻きわけてみると、傷痕があった。この少年はタルニスの息子本人ということ。

この悲報を都市管理者にどう伝えたものかと思い悩む。たとえあらたなスプーディをあたえたとしても、ルジュムがもとの状態にもどる可能性は低かった。

サイラムは両のこぶしをかため、ルジュムをこんな目にあわせた犯人が目の前にいればよかったのに、と、思った。犯人は兄弟団しか考えられない。こんないまわしい手段も辞さないということは、よほど大きな目的があるのだろう。だが、狙いはなんだ？ ルジュムはどんな役割をはたす予定だったのか？

考えに没頭していると、いきなりウィスキネンがあらわれ、サイラムははっとわれに返った。

## 2

サイラムはルジュムをグライダーに乗せた。少年はなにもわかっていないようすで、まるで幼児のようだ。

タルニスのところに向かう途中、ウィスキネンが市内の状況を報告した。

「だれもがすっかり混乱していました。ターツはなにか計画しているようです。最初のショックを半分がた克服して、いまは復讐を考えています。ただ、どこに怒りの矛先を向けたらいいのか、わかっていません。ほかの代表団は、また反応が違います。ターツだけを狙ったいたずらと考え、平然としている者たちもいます。それどころか、ドエヴェリンクを誘拐したのはターツだという噂さえあるんです。ドエヴェリンクのマルタ＝マルタのデモンストレーションが気にいらない、ライヴァルのしわざだ、と」

「ばかな！」と、サイラム。「ターツはドエヴェリンクに心酔している。その一手一手を、数百万の同胞が見つめているのだ。ライヴァルと呼べる者がいたとしても、あの事件を起こすのは不可能だろう。ドエヴェリンクの宮殿に突入するには、大人数のバックアップが必要だ。それほど多数のターツを、ゲームの達人を狙ったあの汚い犯罪行為に巻きこめるわけがない。兄弟団のほうは？」

「ああ、そっちについても、やっぱり空想的な噂ばかりです。兄弟団は独自の候補をルゴシアードに送りこんでいて、その候補は四重スプーディを保持しているとか！」

サイラムは驚きのあまり、高架道からはずれそうになった。急いで自動操縦に切りかえる。

「あなたの驚いたところが見られるとは、うれしいですね」ウィスキネンが皮肉っぽくいう。

「四重スプーディだと！」クラン人はくりかえした。「しかし、それは……」

「ありえませんよ」ウィスキネンが冷静に指摘する。「ただの噂です」

「いつ現実になるか、わからないのも事実だ」サイラムは憤然と応じた。「スプーディ二匹を保持するのさえ危険で、禁止されているというのに」

「でも、ダブル・スプーディ保持者は現存します……公式に認められた者も」

「数はごくすくないし、それに耐えられる強い性質の持ち主だけだ。そんな者たちでも、三匹めのスプーディをいれようなどとは考えない」

「そうでしょうか？」ウィスキネンが反問する。「わたしの種族のあいだでは、そんな噂もありますが……」

「そういう試みはあった」サイラムはしぶしぶ認めた。「ある特定の者たちの能力をさらに増進させる誘惑が、非常に大きかったから。だが、うまくいかなかった」

「なぜです？」

サイラムは返事をためらった。ウィスキネンはその質問が師には答えにくいものらしいと気づいたが、そのことを告げる前に、サイラムがこう答えた。

「おまえに教えない理由はないだろう」と、ゆっくりと話しはじめる。「そう、三重スプーディ保持者は存在し、その能力はさらに拡張された。だが、その者たちは役にたたなかった」

「正気を失ったのですね？」サイラムがためらっているので、ウィスキネンはそう問いかけた。

「それもある」サイラムは考えながら答えた。「だが、最悪の問題はほかにあった。正気を失うというより、自分自身を制御できなくなったのだ。そのようすは、まるでスプーディの奴隷になったようだった」

ウィスキネンは師の話に集中するあまり、口をはさみもしなかった……プロドハイマー＝フェンケンにしては、かなりめずらしいことだ。

「ダブル・スプーディがきびしく規制される理由がわかるだろう！」サイラムが小声でいう。「精神能力が低い者、人格が強固でない者がスプーディを二匹保持したら、こうした作用が現出するかもしれない。可能性は低いが、実験を敢行するには危険が大きすぎる」

ウィスキネンは思わず、自分のスプーディが皮膚の下におさまっている部分に手を触れた。

「これがそんなに危険なものだなんて、知りませんでした」

「ほかにはどんな噂が流れている？」サイラムは話題を変えた。

「たいしたものはありません。一部の高位のターツが、ドエヴェリンクが開会日までに保護されない場合はルゴシアードそのものを中止するよう主張しているとか。ただ、賛同者は多くないようです」

「そう願いたいな。タルニスの住居はその先だ」

「この訪問は、悪い予感がします」と、ウィスキネン。

「わたしもだ」と、サイラム。「気が進まないなら、グライダーで待っていてもいいぞ」

もちろん、ウィスキネンはその提案をうけいれたりしなかった。

さいわいなことに、タルニスとイルガナは理性的な両親で、事態を冷静にうけとめた。もちろん、悲嘆は深かったが、もっとひどい状況になっていたかもしれないと理解している。ただ、ルジュムに責任はなく、兄弟団の犠牲になったと確信していた。少年と兄弟団のあいだに、つながりはまったくないという。
ルジュムはサイラムがクールスに到着する二日前に、師であるクラン人バンミルトの
もとを訪れ、そこで将来の師と会う準備をしたいといっていたらしい。サイラムを知っ
ているバンミルトは、かれならまちがいないと保証した。だが、その後ルジュムはバン
ミルトのところにあらわれず、べつの方法で準備することに決めたと連絡してきた。二
日間、山にこもって、自分自身と自分の望みをもっとはっきり理解したいとのことだっ
た。バンミルトは弟子のこの決断を歓迎した。ルジュムの年ごろは、自分の真の目的と
希望を自覚する時期だったから。
ルジュムがこの期間中に兄弟団の手に落ちたのか、それともバンミルトへの連絡自体
が強制されたものだったのかは、はっきりしていない。いずれにせよ、だれもその後の
なりゆきがどうなるかわかっていない時点で、敵はすでに少年を押さえていた。
「《マルサガン》艦内に兄弟団のスパイがいたのはたしかでしょう」と、サイラム。
「わからないのは、そのスパイがどうしてそんなに早く、わたしがベッチデ人に接触す
ると見ぬいたのかです」
「ベッチデ人？」タルニスが驚いてたずねた。「その者たちが、どう関係しているの
だ？」
「かれらも誘拐されたのです」

タルニスは腹だたしげな笑い声をあげた。

「その事情はもうわかっている。見るがいい!」

スクリーンのスイッチがはいり、サイラムとウィスキネンはドエヴェリンクの宮殿の現場映像をはじめて目にした。

「一台のカメラが侵入者をとらえていた」と、タルニス。「ほかのはぜんぶスイッチが切られていて、映像は撮れていない」

「この映像は、なぜ公開されていないのです?」

「このせいだ!」タルニスは画面に指をつきつけた。

ドエヴェリンクの宮殿を襲ったひとりが覆面をとった。クラン人の頭部があらわになる。

「これでは憤懣(ふんまん)をあおるだけだろう。それでなくても、ターツが不穏な噂を流している。事件の裏にクラン人がいたなどと、公表できるわけがない。ベッチデ人もそこにいる」

サイラムは、覆面をとったクラン人がまっすぐ三人の友に歩みよるのを見つめた。男がなにかいっているが、映像からはわからない。ベッチデ人はためらっているようだ。そのあと、三人はクラン人のあとについて、ホールから出ていった。

「自分からついていっている!」と、タルニス。「兄弟団と連絡をとっていた証拠だ。ベッチデ人がドエヴェリンクを訪問しているときに事件が起きたのも、偶然ではないだろう」

「それはそのとおりでしょう」サイラムが考えながら答える。「ただ、理由はまったく違うかもしれません」

クラン人が三人になにをいったのか、ぜひ知りたかった。ただ、残念ながらカメラのアングルがよくない。しゃべっているのはわかるが、口の動きから言葉を再現するのは不可能だった。

「ベッチデ人は無関係だと確信しています。まったくの被害者でしょう」

「だったら、なぜ巻きこまれたのだ?」

サイラムは困ったように両手をあげた。

「わかりません。どうなっているのか、見当もつかない。ただ、ルジュムが戦士の館に送りこまれたのは、ベッチデ人が狙いだったに違いありません。異人に直接の関心を持つ者を送りこんだのでは、露骨すぎます。だから、ルジュムがわたしの弟子になりたがっているという話をつくりだしたのでしょう」

タルニスとイルガナは、さいわい、この謎の解明をすぐにあきらめた。サイラムはふたりの機嫌を損ねないためにも、いきなり話を切りあげたくなかった。相手から会話を終えてくれたのは好都合だった。

「わたしにいわせれば」ふたたびグライダーに乗りこむと、ウィスキネンが考えながらいった。「謎を解く鍵はダブル・スプーディですね。すでに保持者がふたりもいたんですから。マラガンと、ルジュムと。どう思います？」

「おまえが考えているのは、もちろん、あの噂のことだろう」

「ほかになにがあります？　二足す二は四……かんたんな計算です」

「かんたんすぎるのだ、ウィスキネン！　そんな手術を、戦士の館でできるわけがない……しかも、だれにも気づかれずに。それはべつとして、そんなことはありえない。マラガンはただ、兄弟団にとって役だつということだろう……かれらの目的を達成するのに」

「かれらが目的を達成する必要がないとしたら？」

「ばかな！　マラガンは兄弟団に目をつけられた、それだけの話だ。ただの噂だということも、忘れてはならない。兄弟団がそんな実験をするほど狂っているとは考えにくい。マラガンが協力するかどうかもわからないんだ。ダブル・スプーディ保持者に影響をあたえるのさえむずかしいのに……共生体を四匹いれるなど、不可能といっていい」

「たとえ兄弟団でも？」

「そうだ。とにかく、仮定の話はもういい。いまは兄弟団の潜伏場所を発見するのが先決だ。もう時間がない！」

だが、徹底的な捜査にもかかわらず、誘拐犯たちのシュプールは発見できなかった。

ドエヴェリンクの誘拐から四日後、公爵グーがクールス＝ヨト宇宙港に到着した。

# 3

　宇宙港では《クラノスI》の着陸場所が確保され、野次馬が公爵の艦に近づきすぎないよう、規制線がはられた。こうして人々は、壮麗な宇宙船の全景を見ることができるようになった。

《クラノスI》はほかの公国艦と違い、白一色ではなく、美麗に彩色されていた。主エアロックの上には所有者の名前が大書してある。その外扉が開くと、外に集まった群衆の前に、華美なコンビネーション姿の儀仗兵の隊列があらわれた。

　儀仗隊はさまざまな種族で構成されている。共通するのは……外観上だが……一般的な褐色のコンビネーションではない、色鮮やかな服装で統一されている点だけだ。リボンのついた帽子、はためくケープ、そのほかさまざまな装飾のせいで、観衆の多くは感銘する以上におもしろがっている。そんな恰好で、いったいどうやって戦うのかと思ってしまうのだ。

　儀仗隊が位置につくと、公爵本人が姿をあらわした。はじめて見る者にとって、その印象は強烈だった。

公爵グーは、クラン人にしてはかなり小柄だ。そのぶんだけ横幅があり、華美な衣装のせいもあって、背の低さがさらに強調されている。

公爵がよたよたと斜路をおりてきた。三人の都市管理者……タルニス、ハルガメイス、マルンツ……がそれを出迎え、挨拶する。公爵はカメラににこやかな笑顔を向けたが、たるんだ顔と暗い目つきのせいで、苦悩に満ちた、不幸そうな印象がのこった。

それでも群衆は喝采した。なんといっても第五十回ルゴシアードの後援者であり、クランドホルの三公爵のひとりなのだ。この星間帝国の、最重要人物のひとりということ。ただ、公爵グーがその重責をになっていけるのか、危惧する者は多かった。

出迎えのあとは、当然、クールス＝ヨトの庁舎での歓迎食事会への招待となる。公爵はよろこんでそれをうけた。ほかに選択肢はないから。もしも公爵が慣行を無視したら、だれもが気を悪くするだろう。

待機していたオープン・グライダーに公爵が乗りこむ。観衆の多くはそのときはじめて、奇妙な同行者の存在に気づいた。長さ二メートル半、直径三十センチメートルほどの、ブルーにきらめく柱である。表面にはいくつもの開口部があり、そこから数本の触手や感覚器がのびだしていた。不気味な印象で、公爵グーを見てちいさく笑っていた者たちも、思わず身震いした。

柱ロボットは公爵の後方一メートルくらいのところに浮遊して、グライダーがスタートしたあともはなれようとしなかった。公爵は立ったままで、同行する都市管理者たちも立っているしかない。やがてグーがかれらに、腰をおろすよううながした。それでも公爵の頭は、三人よりもほんの数センチメートル高いだけだった。公爵がすわったら、その姿はすっかり見えなくなってしまうだろう。その結果、観衆の目には公爵が、自分に注目を集めるため立ったままでいるようにうつった。

庁舎までの公爵の態度はまだしも理解できたが、宴席での態度はばかげていると思われた。かれはそこでも立ったままだったのだ。たっぷりした食事をゆっくりくつろいで食べることを愛するクラン人にとって、そんな公爵の姿を見つづけるのは苦痛でしかない。とはいえ、公爵の健啖ぶりは、ほかのクラン人に劣るものではなかった。

*

公爵自身にとって、事情はいささか異なっていた。かれもすわって食事がしたいし、グライダー上でも腰をおろしたい……が、それはできなかった。《クラノスI》では公国じゅうでいちばん柔らかいと保証つきの寝椅子とクッションを使い、ほとんどの時間、やはり立っているか、横になっているかだった。ひどい痔のせいで、すわるとすさまじく痛いから。そのことはだれも知らず、公爵もだれかに話すつもりはない。痔疾のせいで身のこなしは抑制的になり、それがちょうどいい隠れ蓑になってもいた。

いまのところ、公爵は陽気に、ややおろかにふるまっている。すばらしいロースト肉を頬ばったままおしゃべりをし、隣席の人物と病気や家族のことなど、どうでもいい話をつづけていた。そのようすを見た者は、賢人の智恵に疑問を感じ、公爵の権威を疑ったかもしれない。公爵グーは承知のうえで、機会あるごとに、その誤った印象を強化しようとつとめている。

実際には、かれの鋭い目はなにひとつ見逃さず、その地獄耳は、自分に向けられたのではないさまざまな言葉をひろいあげていた。

タルニスがいる。なにか自分をおさえている印象だ。公爵グーはかれが問題を、それも深刻な問題をかかえていることを見てとった。

それ以上に大きな問題をかかえているらしいのが、防衛隊長のグロフレルだ。このクラン人はぴりぴりしていて、公爵が目を向けたとき、手にした肉を落としそうになった。そのふたつ先の席にはプロドハイマー＝フェンケンのムルドがいる。宇宙港の責任者であるリスカーのバルディスと、グロフレルの副官であるターツのオプにはさまれて、居心地が悪そうだ。このなかで気楽そうなようすなのは、バルディスだけだった。ムルドとオプはグロフレルと同じくらい緊張していて、それ以上にいらだっているようだ。いまにもたがいの喉に食らいつきそうにさえ思える。

いっしょにいる時間が長くなるほどに、公爵は、その場の全員が緊張していらだっているという印象を強めた。宴席を楽しんでいるのは自分だけらしい。つまり、たんなる揉めごとではなく、もっと大きな、クールス＝ヨト全体に関わる問題があるのだ。まちがいなくルゴシアードも関係しているだろう。

公爵グーは柱ロボットのフィッシャーを呼びよせた。ロボットがすぐ背後に浮遊する。どこでだれが製造したロボットなのか、知っている者はいなかった。

「注意していろ！」公爵がフィッシャーに指示。

ロボットはいつものようになにも答えず、その場から動くこともなかった。それでも、テーブルをかこんでいる者たちは、さらにすこし神経を尖らせたようだ。

すぐにもだれかが秘密を口ばしるはず。このトリックははじめてではなく、たいした熟練も必要ない。

公爵はムルドに注目し、その視線をうけて、プロドハイマー＝フェンケンがそわそわしはじめた。かれは文化的イベントの責任者で、そこには当然、ルゴシアードもふくまれる。

公爵は話題を一般の競技会に関することに切りかえ、実際にあった出来ごとを話した。ルゴシアードと同じような大きな大会が、組織委員会のミスで大失敗に終わったという逸話だ。

公爵はこの種の話に長けていた。ふつうなら、聞き手は大笑いして終わりになる……

が、今回はきわめて反応が悪い。人々が無理に笑っていることはすぐにわかった。

　だが、なにも気づいていないふりをして、ムルドに向きなおる。

「もちろん、こんどの大会でそんなことが起きるはずはないな」そういって、信頼の視線をプロドハイマー＝フェンケンに向ける。

「もちろんです！」ムルドは懸命にうなずいた。

　公爵がその目をじっと見つめる。ムルドは不安そうに腕を組み、その部分の毛皮をなでた。公爵の視線に気づき、急いで両手をひっこめる……てのひらには水色の毛が無数についていた。額には冷や汗が浮かんでいる。その瞬間、公爵グーはこのゲームを中断すべき発言を耳にした。

　だれかが兄弟団のことを口にしたのだ。

　それだけで充分だった。公爵はしばらく待ってから、テーブルのそばをはなれた。隣室から侍医団のほか、チャーミングな旅の女同行者たちがあらわれ、宴席の客たちの目を楽しませた。実際には、楽しむどころではなかったかもしれないが。公爵は医師の姿を見たとたん、はげしくしゃっくりをしはじめた。かなりひどいようだ。医師たちが公爵を診察し、しゃっくりの原因と考えられる〝神経叢(しんけいそう)〟を圧迫したりするが、効果がない。公爵の寵姫(ちょうき)たちも、びっくりさせたり鼻をつまんだりと、さまざまな民間療法を施した。かれが息を吸いこむと、べつのひとりが口に肉片を押しこんだ。それが次の〝ひっく〃で飛びだしてくる。

ようやくしゃっくりがとまったときには、自然にとまったのか、医師や若い女クランの人たちの療法が効いたのか、もうわからなくなっていた。いずれにせよ、公爵は疲れきっていて、休息することになった。担架が要請され、体格のいいターッ四体が、小柄だが体重のある公爵をそこに横たえ、運びだそうとした。だが、公爵はすぐにはねおき、こんな恥ずかしい恰好で庁舎から搬出されるわけにはいかない、と、威厳に満ちて主張した。医師と寵姫とターッが総がかりでかれを説きふせ、公爵は大騒ぎのなかでホールから運びだされた。

公爵がとりわけ体格のいい者にささやいて、一連の命令をくだしたことには、だれも気づかなかった。

「市内を見てまわれ。なにかがおかしい。都市管理者たちの周辺を警戒しろ。すくなくともタルニスは、明らかにふつうではない。グロフレルも悩みをかかえている。なにが問題なのか、探りだせ。ムルドとオプもようすが変だ。イルスガが出席しなかった理由も調べろ」

随行者のうち十人が目だたない合図で、命令を了解したことをしめした。公爵がホールの出口を通過もしないうちから、〃侍医〃と〃寵姫〃の数人は、もうひそかにその場をはなれていた。

*

サイラムとウィスキネンは公爵の到着を遠くから見物したあと、レストランにはいった。食事の時間を利用して、周囲の反応をうかがう。たいした収穫は得られなかった。公爵グーの到着で、人々の緊張はすこしゆるんだようだ。とはいえ、公爵が奇蹟を起こすと信じている者は少数派だった。大多数は、公爵の華々しい登場に目をくらまされているだけだ。

しばらくすると、一クラン人女性がレストランにはいってきた。すばやく店内を見まわし、まっすぐサイラムとウィスキネンに近づいてくる。女はふたりを品定めするように見つめ、赤いカードをテーブルの上に置いた。

「ルゴシアード会場の内覧かな？」サイラムは退屈そうな顔をよそおってたずねた。

女は身振りで肯定をしめした。

「料金は五ジョルド、先ばらいです！」ウィスキネンが口をはさむ。

「わたしの〝上司〟は無料だといったわよ！」女が鋭くいいかえした。

「へえ！」ウィスキネンは声をあげ、テーブルの下にかくれた。

「悪気（わるぎ）はないのだ」サイラムはそういって、カードを手にとった。「行こう。外にグライダーがある」

三名がレストランから出ていっても、気にする者はいなかった。こんな光景はいつでもどこでも見るし、とりわけクールス＝ヨトでは、めずらしくもなかった。

グライダーは店からほんの数歩のところにあった。あたりにさまざまな種族が集まり、いくつもの議論の輪ができている。かれらはその横を通りすぎた。話題はルゴシアードのこと、ドエヴェリンクの誘拐、競技会がほんとうに開催されるかどうか、などだ。サイラムは女を見て、彼女がそうした話題に見たところ関心がなさそうだったので、ほっとした。

「ジュルトゥス＝メ」グライダーがスタートすると、サイラムは女に呼びかけた。「まさかあなたがくるとは、驚いた」

「クールス＝ヨトで起きている事態には注目しているわ」クラン人の女が冷静に答える。

「わたしも同様だ」サイラムは笑みを浮かべた。「だから公爵の信任厚いきみたちが、クールス＝ヨトの現状を調べているのだろう」

「あなたもその対象よ」と、ジュルトゥス＝メ。「なにが起きているの？」

サイラムはグライダーを高架道のひとつに乗りいれ、自動操縦に切りかえた。簡潔な言葉で、これまでにあったことを報告。

ジュルトゥス＝メはじっと聞きいった。公式には、彼女は公爵グーの侍医団でも最高の医師三名のひとりである。この女クラン人が、公爵が連れているほかの侍医や寵姫た

ち と同じく、じつは海千山千の公国諜報員で、公爵の側近中の側近であることを知る者はごくすくない。

サイラムが《マルサガン》でクールス＝ヨトにこられたのも、彼女のおかげだった。そのさい、ベッチデ人三人から目をはなさないよう依頼されている。

こうした依頼をうけるのは、これがはじめてではない。サイラムは公式には艦隊に所属していないが、公国内をあちこち飛びまわっていた。

重要な地位にあるクラン人の多くにとって、サイラムはノスタルジーであり、人々がすでにほとんど忘れかけた過去の体現である。のこる一部の者から見れば愚者だが……それはどちらも正しかった。サイラムを前にすると、人々の発言はしばしば不用心になる。ある者は懐旧の情から、友にも話さないようなことを口にする。またある者はサイラムを、微妙な含意や言葉の綾など理解できない、精神レベルの低い乱暴者と見くびる。だが、とりわけかれに好意をいだくのは、非クラン人たちだった。

公国には裏切り者が存在する……進んで既存の秩序に背く者や、衝動にまかせて行動する者。不品行な官僚や、腐敗した都市管理者、商品を横領する者や、公金で私腹を肥やそうとする者もいる。その最たるものが兄弟団だ。サイラムはすでに何度も、この組織のかくれ場をつきとめ、急襲していた。それは私欲からの行為ではなく、平和な星間帝国を築くという、公国の理念を信じてのことだ。クラン人はかならずしも目的を明確に意識してはいないが、この理念はひろく共有されていた。そのために無条件で行動する者は、けっして多くはないが。

ジュルトゥス＝メはこうしたことを考えつつ、サイラムからドエヴェリンクの誘拐とベッチデ人の失踪に関する報告を聞いた。サイラムにとり、自分の不手際を認めるのはつらいはず。それは彼女にも理解できた。

「兄弟団のかくれ場は、まだ見つからないのね？」

「まだだ」サイラムが沈鬱に答える。「クールスのどこかにあるのはたしかなのだが……ベレシェイデ島か、この町のなかか」

「島にいるとは考えにくいわ。海をこえるグライダーは目だつから。町のなかのほうが……まだありそうね」

「すみずみまで捜索したが、見つからなかった」

ジュルトゥス＝メは問いかけるようにウィスキネンを見た。プロドハイマー＝フェンケンが恥じいったようにうつむく。

「役にたてませんでした。今回は勘が働かなくて」

「残念ね。せめて背後になにがあるのか、多少でもわからない？　なぜドエヴェリンクとベッチデ人を誘拐したのか？」

「それも不明だ」サイラムが答えた。「たぶんドエヴェリンクを誘拐することで、競技

をだいなしにしようとしたのだろう。実際、ターツたちは激怒していて、ルゴシアード
を中止すべきだと主張する者もいる」
「ばかなことを！」
「かれらはそう思っていない」
「理解はできるけど、やはりばかげているわ。ルゴシアードはドエヴェリンクが参加し
ようがしまいが開催される。ベッチデ人のほうは？　誘拐犯の仲間なのか、誘拐された
被害者なのか、それとも、たまたまその場にいて巻きこまれたのか？」
サイラムは答えをためらっていた。ジュルトゥス＝メはしばらく待ったあと、かれを
追いつめても無意味だと気づいた。
「それについていまいえるのは、確証はないものの、ベッチデ人がクールス＝ヨトで兄
弟団と接触していたとは思えない、ということだけだ。接触していれば、わたしが気づ
かなかったはずがない。だが、あの三人がドエヴェリンクのところにいるとき事件が起
きたのは、偶然ではないだろう」
「ベッチデ人自体が狙われたといいたいわけ？」と、ジュルトゥス＝メ。
「どうして、そうではないといえる？」サイラムは色をなした。「三人はすでに兄弟団
と接触していた。その考え方を知り、共感したかもしれない。聞くところでは、ちょう
どベッチデ人が惑星ケリヤンにいたとき、兄弟団の拠点が暴かれたらしい。兄弟団の行

動パターンはわかっている……復讐のためだけに、あの三人を襲撃しても不思議はない」

「だとしても、どうしてこれほどの隠密作戦を?」

「たぶん、ベッチデ人が自分たちの仲間になるという確信がなかったのだろう。だからまず誘拐して、いっしょにやる気があるかどうかたしかめたのだ」

「ずいぶん不器用なやり方ね」

「一見、そう思える。だが、ベッチデ人が仲間になると見こしていたら……三人を無害な被害者に見せる必要などないだろう?」

ジュルトゥス=メはてのひらで自分の頭をなでた。

「事態は複雑そうね」と、つぶやく。「このグライダーでニルムのところに行ってくれる? ベッチデ人に関しては……予期せぬ結果が待っていそうだけど」

「町に噂が流れてます」ウィスキネンがいきなりいった。「兄弟団は独自の参加者を用意していて……それは四重スプーディの保持者だとか!」

ジュルトゥス=メはとまどった顔をプロドハイマー=フェンケンに向けた。

「たぶんその参加者は、まだ存在してないはずです」ウィスキネンは動揺せず、話をつづけた。「いままさに、スプーディをいれてるところなんでしょう!」

「あなた、頭がおかしくなったようね」

「正気そのものですよ」

「その説によると、だれが四重スプーディ保持者なの？　ベッチデ人のひとり？」

「いけませんか？　でも、ドエヴェリンクかもしれません」

ジュルトゥス＝メは非難するようにサイラムを見た。

「いったい、ウィスキネンになにをしたの？　前に会ったときは、もっと理性的だったはずよ！」

「いまも理性的だ」サイラムはふくみ笑いをしながら答えた。「ただ、ときどき空想にはしる癖がある」

「なんとでもいってください！」ウィスキネンはこれ見よがしに、短い両腕を胸の前で組んだ。「でも、誘拐したのにはなにか意味があるはず。賭けてもいいですが、ドエヴェリンクとベッチデ人は、ルゴシアード開会までに、きっともどってくるでしょう……そのうちのひとりは、すっかり変わっているはずです！」

「一理あるわね」ジュルトゥス＝メが考えながらつぶやく。「ただ、前提が気にいらない。四重スプーディ……そんなものは不可能よ！」

「いずれわかります」ウィスキネンは強情にいいはった。

「そうね」女はうなずき、急に笑顔になった。「かんたんにわかるわ。もしあなたのいうとおりだったら、だれかひとりは正気を失っているはずだから」

# 4

サーフォ・マラガンには外でなにが起きているのかわからなかった。いまのところ、興味もない。

数日前から、かれの頭皮の下には二匹ではなく、四匹の共生体がおさまっていた。〝啓蒙されし者〟から最初にそれを告げられたときの恐怖は、まだおぼえている。気分はもうだいぶおちついた。予想したほどひどいことにはなっていない。正気を失ってはいないし、以前より能力もあがっている。たとえば、兄弟団の計画もなんなく見ぬくことができた。

もちろん、かれらの狙いは最初からマラガンだった。ドエヴェリンクを誘拐したのは、たんなる目くらましだ。

啓蒙されし者は巧妙だった、と、マラガンは寝台の上で結跏趺坐し、半眼になって周囲を観察しながら考えた。防衛隊は、われわれが偶然その場にいたから誘拐されたと思うだろう……たまたま捕虜にできたから、と。だから、われわれがドエヴェリンクを連れ帰れば、幸運だったとよろこぶだけだ。

まさにそうなるはず。ベッチデ人を疑う者はいない。それどころか、クールス＝ヨトの住人すべて、とりわけターツは、マルタ＝マルタの名人の帰還を大歓迎するだろう。

マラガンはこれを計画した啓蒙されし者に賛嘆の念をおぼえた。最初のうちは、あたえられた役割に身の毛がよだつ思いをする瞬間がときどきあった。たまに頭が明晰に冴えわたることがあり、そんなときには、自分が友を裏切ろうとしていることをはっきりと意識した。なにも知らないかれらを、先の見えない危険にさらそうとしている、と。だが、そうなったのが自分のせいではないこともわかっていた。兄弟団に薬物を投与され、たぶんほかにも、気づかないうちにいろいろな手段によって、ヒュプノ状態にされたのだ。兄弟団の指令はマラガンの脳に深く根をおろし、明晰な瞬間は、やがてあらわれなくなった。いまでは未来のことを考えても、不安を感じることはない。

わたしはルゴシアードに参加することになる。四重スプーディがあれば、エドヌクでのスーパーゲームに出場できる可能性も充分にあるだろう。わたしは……どんな手を使ってでも……惑星クランに行き、兄弟団の指令を実行する。かならず……

いきなりドアが開き、思考が中断された。マラガンはあらたな状況に意識を集中したが、そんな内心の動きは、外から見ただけではわからない。同時に、奇妙ないらだちをおぼえた。はいってきた男に突進し、殴り倒したいと感じる一方、それはきわめて不合理な反応だ、と、自分にいいきかせてもいる。

独房にはいってきたのは、大柄な中年のクラン人だった。マラガンは驚いた。まさか、また啓蒙されし者がやってくるとは。

「調子はどうだ？」啓蒙されし者が礼儀正しくたずねる。

「上々だ」マラガンは短く答えた。

「声がいらだっているな。特別な理由があるのか？」

あるとも！　マラガンは憤然とそう思った。たとえあんたが啓蒙されし者でも、ほうりだしてやりたい！

だが、声に出しては、こう答える。

「待ちくたびれた。いつまでこうしておくつもりだ？」

「あすの夜には出ていってもらう。きみたちの帰還が、充分に注目を集めるように」

「ルゴシアードはいつから？」

「あさってだ。午前中に開会式がある」

「そんなにすぐなのか？」マラガンが腹だたしげに問いただす。「いまでもまだ、競技でなにをすればいいのかわからないんだ。もっと準備期間がいる！」

クラン人は微笑した。

「そうしてもいいが、できるなら敵にアドヴァンテージをあたえるのは避けたい」

「遅かれ早かれ疑われるはず！」

「もちろんだ。だが、そういった疑念がなくても、向こうはきみを徹底的に検査するよう要求するだろう。われわれが捕虜になにをするかについて、奇妙な考えを持っているようだから」

マラガンはその言葉に内包された残酷なあざけりに気づかなかった。

「いつ検査されるかわからないぞ」と、いっただけだ。

啓蒙されし者は微笑した。

「それが、そうでもない」と、勝ち誇った調子でいう。「わたしの計画はその点も考慮してある。きみたちがドエヴェリンクを連れ帰ったら、まずは大騒ぎになるだろう。そんななかで、きみたちを検査することなど考える者はいない。開会式までの時間は飛ぶように過ぎるはず。開会してしまえば、きみはもう安全だ。ルゴシアード参加者は特別視され、検査でわずらわせることなど、だれにもできない」

マラガンは考えながらうなずいた。それは自分でも思いついていただろう。ルゴシアードの目的は、常軌を逸した能力を見せることだ。合理的な説明がつけられないような現象を。ベッチデ人たちが達した結論は、ジェルグ・ブレイスコルのような能力の持ち主を探しだそうとしている、というものだった。若い狩人のブレイスコルは、相手の意図を見ぬき、ときには思考を読むことさえできた。

一瞬、キルクール時代の思い出が、目前に迫ったルゴシアードのことをすべて頭から押し流した。狩人としてすごした日々を懐かしく思いだす。ジャングルの夜、住民たちがほぼ全員、宇宙船のなかだと信じていた村での生活。

かれらはどうしているだろう？

クラン人は村人全員にスプーディをあたえた。スプーディの影響下では、セント・ヴェイン船長でさえ、もうその幻想を維持できなかった。ベッチデ人の生き方も、ジャングルに対する態度も、それまでの世代とはすっかり変わってしまっただろう。マラガンとブレザー・ファドンとスカウティとともにキルクールを去った山の老人のことも、もう思いだすことさえないかもしれない。

あの奇妙な姿がマラガンの心の目にうつった。ドウク・ラングルと名のった存在だ。第八艦隊のネストで別れて以来、噂さえ聞いていないが。

マラガンはわれに返り、記憶をたどった。重要なのは、ブレイスコルが能力を使うとき、じゃまされるのをひどくいやがったことだ。間の悪いときに間の悪いひと言をかけただけで、すべてがだいなしになる。マラガンのことをくわしく調査するとなれば、それは肉体面だけでなく、精神面にもおよぶだろう。ルゴシアード出場者がそんな妨害行為から守られるのは、ごく論理的だ。

だが、マラガンはそれまで考えもしなかった危険に思いいたった。

「ブレザーとスカウティは兄弟団に協力しないだろう」と、ゆっくりという。「ふたりがなにか気づいたら、すべてがだめになる」

「裏切られる心配があると思うのか？」

マラガンは微笑して、首を左右に振った。

「それはない！　たとえそうすべき理由があったとしても。わたしはベッチデ人で、ここに同胞はわれわれ三人しかいないのだから。それでも、わたしをとめようとはするだろう。スプーディをとりのぞこうとさえするかもしれない」

「うまくいくとは思えないな」啓蒙されし者がおもしろがるようにいった。「とはいえ……危険があるのもたしかだ。頭を悩ます前に、ためしてみよう。きみはのこり時間を仲間といっしょにすごせ。そうすれば、あのふたりがきみの変化に気づくかどうか、わかるだろう」

マラガンは、秘密に気づかれたらふたりをどうするのか、たずねなかった。立ちあがり、なにかを待ちうけるように、大柄なクラン人を見あげる。

「われわれ、きみの友ふたりとも何度か話をした」と、啓蒙されし者。「きみがかなりの休息を必要としたことについては、その話しあいがとりわけ長時間にわたったからだと伝えればいいだろう」

「わかった」マラガンは急にいらだちがつのるのを感じ、思わず片手を寝台にたたきつけた。

「緊張しているのか？」クラン人が皮肉っぽくたずねる。

マラガンは顔をしかめ、右手首を押さえた。

「いや。行動できなくて、頭がおかしくなりそうなだけだ」と、抑揚のない声で答える。

「ルゴシアードのことを考えるんだな」

「わたしがそれ以外のことをしていると思うのか？」マラガンは声を荒らげた。「このばかげた競技会に、参加する気などなかった。それなのに、うまくやれという。競技の手びきのようなものがないなら、ぜひ的確な助言がもらいたいものだ！」

クラン人の右手がマラガンの肩に強く置かれた。まるで床に押しつけようとしているかのようだ。

「おちつけ！」と、強い口調でいう。「どうすればいいのかわかっていれば、よろこんで教える。だが、できないのだ。観衆に自分を印象づけるにはどうすればいいのか、きみ自身が考えるしかない。さもないと、ほんとうの影響はあたえられないだろう」

「ばかげた迷信だ！」と、マラガンがつぶやく。

「そう思うかもしれないが、ことはそうかんたんではない。それとはべつに、きみはほかの参加者よりも一歩先んじることになる。なにしろ、ドエヴェリンクを救出するのだからな！」

マラガンはうなずいただけで、身をかがめて相手の手を振りほどこうとした。だが、啓蒙されし者はまだ肩を圧迫してくる。かれは片手をあげ、クラン人の手を振りはらった。そのあとようやく、自分がなにをしたのかに気づく。肉体的な力も強化されていた。

クラン人は考えこむようにマラガンを見つめた。

「友たちにはその力を見せないほうがいいだろう。疑いを招きかねない」

「おぼえておこう！」マラガンは約束した。

クラン人はかれを、ほかのふたりが監禁されている部屋の前まで連れていった。

「うまくやれ」やや脅すようにそういうと、かれはドアを開け、マラガンを仲間のいる部屋に押しこんだ。

＊

ファドンとスカウティと再会したマラガンは、よろこぶべきだろうと考えた。だが、そういう気分にはなれない。

大歓迎がはじまり、ふたりはかれの背中をたたき、文字どおり質問攻めにした。マラガンはどなりつけて黙らせたかったが、最大限に自制して、しずかに、理性的に質問に答える。

当然、ふたりは状況をなにも見ぬいていなかった。マラガンは、自分がふたりよりも早くものごとの関係性を認識できるのはスプーディのせいなのか、それとも生来ふたりよりすぐれているからなのか、と、真剣に自問した。

「われわれ、まもなく解放されると思う」まだマラガンが考えていると、いきなりファドンがそういった。

マラガンは驚いて顔をあげた。

ブレザーは真実に気づいたのか？

「どうしてそう思う？」

「三人をまたいっしょにしたからだ。われわれの能力を考えれば、脱走をそそのかしているようなもの。とくに、サーフォがいるとなれば。きみの能力なら、そのドアを開けるくらいかんたんだろう」

マラガンは額をこすった。

以前だったら、その言葉に微笑していただろう。だが、かれはユーモア感覚を完全に失っていた。むしろファドンの罪のない軽口のなかに罠を感じ、即座に反応する。

「きみのあてこすりには、いらいらする」と、鋭く反撃。「まともなことがいえないなら、口を閉じていろ！」

ファドンは無言で友を見つめた。

「ブレザーはそんなつもりじゃなかったのよ」スカウティが割ってはいった。「ちょっとした冗談がわからないの?」

「ああ、わからない」マラガンがぴしゃりと答える。「この数日は、とにかくきつかった」

「兄弟団の態度は気にさわったでしょう」スカウティは同情をしめした。「このところ何時間も、わたしたちが組織にはいるべき理由をずっと聞かされて……完全な洗脳ね。あなたのダブル・スプーディのことは、よく知っているみたい」

マラガンは用心深くうなずいた。

「だったら、あなたはわたしたち以上にきびしくやられたんでしょうね」

「どうやらそのようだ」と、マラガン。「まだ頭がずきずきする」

そういうと、寝台に横になり、片腕で目をおおった。

効果はてきめんだった。ふたりはマラガンが疲れきっているものと思い、できるかぎりしずかにしていた。マラガンは眠ったふりをして、ルゴシアードのことを考えつづけた。

「きっとすぐに回復するわ」マラガンがぐっすり眠っていると思ったスカウティが、ちいさな声でささやいた。「いまは時間が必要なのよ。また目がさめたら、もとのサーフォにもどっているわ」

「やつら、なにをしたんだ!」ファドンが疑わしげにいう。「兄弟団は信用できない」

「肉体的にはなにもされていないようね」スカウティがすこし安心したようにいった。

「たしかなのか？」ファドンの声は苦々しげだ。「シュプールをのこさない方法もあるそうだ。一クラン人から長々と話を聞かされた」

「わたしもよ」スカウティが冷静にいう。「さいわい、話だけで終わったけど。どうしてサーフォだけあつかいが違ったのかしら？」

「もちろん、ダブル・スプーディのせいだろう」

短い沈黙があり、ファドンがいきなり、歯のあいだから鋭く息を吐きだした。

「もう、ないのかもしれない！」

「なにが？」スカウティは意味がわからないようだ。

「ダブル・スプーディだよ！　考えてもみろ。サーフォが兄弟団に協力することを拒んだら……どうしてダブル・スプーディをそのままにしておくはずがある？　サーフォがさっきあんなに興奮していたことの説明もつく」

「だったら、まず……頭を見てみないと」スカウティが性急にいった。「なんの変化もないと思うけど」

ファドンのしずかな足音が近づいてきて、マラガンは痛いほどの緊張をおぼえた。感覚が鋭くなる。ファドンの息づかいの調子が変わり、どんな動きをしているのかがわかった。それまで存在さえ知らなかった感覚の助けもあり、まるで全身が目になったように、ファドンの動きを〝見る〟ことができた。

　ファドンは身を乗りだして、マラガンの頭部を見つめている。調べるのはかんたんだ。問題の場所にバーロ痣（あざ）があって、そこだけ頭髪がないから。マラガンは頭皮の透きとおった部分に、刺すような視線を感じた。まるでちいさな鋭いメスをつきたてられたようだ。痛みはないが、徐々に不安が高まってくる。跳びあがってその視線から逃れたくなるのを、精いっぱいの自制心でおさえこんだ。

　やがてファドンは背筋をのばし、マラガンは友がはなれていくのを感じてほっとした。

「前と変わりはない」ファドンがスカウティにいう。「きみのいったとおりだ。わたしがばかだったよ。新しく切開した痕がないんだから、もっと早くわかってもよかったんだ」

　マラガンはあのプロドハイマー＝フェンケンの腕前を賞讃した。ちいさな傷痕を、この短時間で完全に治癒させたのだ。

　しばらくして、ふたりが自分に注目していないのを確信すると、壁ぎわに寝がえりを打ち、毛布を耳までひきあげた。

　最初のハードルはこえた。あとはできるだけ早く三人の共同生活にもどり、疑念を持たれないようにすることだ。そのためには、このまま耳をそばだて、ふたりがなにを話し、なにをするか、注意していなくてはならない。以前のような親しい感覚を、すこしずつとりもどす必要がある。キルクールのジャングルでいっしょに狩りをしていたときほど強いものではないが、最近もそれなりの親近感はあった。ダブル・スプーディのせいで、多少のバリアができたのはたしかだが。さらに二匹が増え、バリアは頑丈な壁になった。それでも三人には絆がある。それを維持強化するのが重要かつ合理的だと、マラガンは判断していた。

友はまだ必要だった……このあと啓蒙されし者の計画にしたがって脱出するときも、ルゴシアードで活躍するためにも。

しばらくすると、部屋のなかが暗くなった。ファドンとスカウティも休息し、マラガンはようやくほんとうに眠ることができた。だが、眠りに落ちる寸前、睡眠と覚醒の中間状態のとき、目の前にクラン人の顔があらわれ、かれは凍りつくような恐怖をおぼえた。サイラム。やすやすと、まるで遊んででもいるかのように、マラガンがダブル・スプーディ保持者だと見ぬいた男。

マラガンは即座に目ざめた。闇の奥を見つめ、サイラムをだましおおせるだろうか、と、考える。突然、自信がなくなった。ダブル・スプーディにあれほど目のきく男が、ほんとうにハンターではないのだろうか。

サイラムと会ったときのことを詳細に思いだし、すべてを勘案した結果、かれなら見ぬいてしまうと結論する……しかも今回は、そのことを黙っている理由がない。

どう対処すればいい？　顔をあわせないようにするのはどうか？　サイラムはルゴシアードに出場するだろうから……すくなくとも、本人はそういっていた……そちらに時間をとられるはず。だが、競技中にも参加者の休憩時間はあるだろう。そのときサイラムと出会わずにいるのは不可能に思えた。

コンビネーションのたくさんのポケットのなかからメモ用紙とペンをとりだし、暗いなかでメッセージを書く。そのあとしずかに起きだして、時間になると食事が出てくる、ちいさなカバーに近づいた。隙間からメモ用紙をさしこみ、寝台にもどる。

メモは今夜のうちに宛先にとどくだろう。マラガンはそれをうれしく思った。その報告の結果がどうなるかは、考えていない。完全に兄弟団の思いのままに動いていた……危険を察知し、それが排除されるように。どういうかたちで排除されるのかは、マラガンの頭にはなかった。

＊

ちょうどそのとき、マラガンたち捕虜三人からそう遠くないところで、啓蒙されし者が一プロドハイマー＝フェンケンと話をしていた。

「まだ不安だな」と、クラン人。「あのベッチデ人は、やや不安定な印象がある」

「ずっと観察をつづけていますが、顕著な変化は見られません」プロドハイマー＝フェンケンが冷静に答える。「試みは成功したといえるでしょう」

「はっきりした怒りの発作を見せたではないか！」啓蒙されし者は憤然と反論した。

「それはもともとの性格です」と、マラガンの担当医。「とても行動的なので、行動できないことにいらだっています。まもなく待機が終わるのはさいわいでした。あと二、三日すれば、自力で脱出しようとしていたでしょう」

「なにかがおかしい」クラン人は固執した。「行動的な生命体なら、何時間もすわりこんで宙を見つめたりしない。部屋のなかを歩きまわり、武器をつくるかなにかしようとするはず。ほんとうにベッチデ人を正しく評価できているのか？」

プロドハイマー＝フェンケンは種族特有の笑みを浮かべた。

「もちろんです。あのベッチデ人の態度は、以前とほとんど変わっていません。あとのふたりの態度とは明確な差異があります。ダブル・スプーディの影響としか考えられません。それが追加した二匹の共生体により、強化されているということ」

「なるほど」と、啓蒙されし者。「うまくいくと思うのだな？」

「確実に」

クラン人は考えこみ、マラガンの頭皮の下にあるものを想像して、ちいさく身震いした。ベッチデ人がかれの手をかんたんにはらいのけたのを思いだし、また身震いする。それはいまのところ、マラガンが四重スプーディの影響で変化したことをしめす、唯一の確実な証拠だった。本人は能力が強化されたように感じるといっているが、それだけで信じるわけにはいかない。

「こちらの意向にそって行動するだろうか？」

「それはまちがいないでしょう」医師は断言した。「そうするほかありませんから。あの男に施した手法は深く浸透し、影響力も持続します。通常、解除するのは不可能です。最後にのこった疑念も、日がたつうちに消えていくはず。マラガンはもう兄弟団の一員も同然で、組織への帰属意識は、ますます強まっていくでしょう」

「だが、いまのところ、二匹より多いスプーディの保持者でうまくいったことはないのだぞ！」

「同じことです」プロドハイマー＝フェンケンは頬をふくらませ、ひそかな勝利感を表明した。「スプーディのせいでこうした影響力が強化されるという結果さえ出ています。忠誠と献身は、知性体の本質的な性格です。スプーディはただ、それを強化するだけで、それがどこに向かうかについては関与しません。おわかりになりますか？」

啓蒙されし者は驚いたように小柄な医師を見つめ、頭をのけぞらせて大笑いした。

「ああ、たしかによくわかった。どうなるか、見てみよう」

その直後にマラガンが食糧供給口にかくしたメモがとどくと、かれは医師のいうとおりだと確信した。すべては兄弟団が望むとおりに運ぶだろう。

# 5

苦行のような一日だった。サーフォ・マラガンは寝台の上で結跏趺坐し、考えをまとめ、仲間ふたりの話に耳を貸さないようつとめた。いままで興味はあってもその一端しかつかむことのできなかったものを発見し、それでもなお、この部屋にいるかぎり、それ以上のことはわからないという気分になる。とはいえ、くりかえしやってみるしかなく、そのやり方が失敗するたび、かれは不当に攻撃的になった。

マラガンはよくわかっていた。脳は明晰・精密に働き、いつ、どこでそれまでの関連性からはずれたかをしめす。かれはときおり修正を試みるが、それもたいていは失敗した。その奇妙な、興味深い秘密を解明できる状況になかったから。

スカウティとブレザー・ファドンにとって、マラガンは夢想家のようだった。ほとんどの時間をぼんやりとすわってすごし、宙を見つめているのだ。ときどき表情が変化して、悲しそうな顔や怒った顔を見せるが、たいていは無表情で、木彫りの仮面を思わせる。ごくまれに、微笑することもあった。

また、いかにも夢を追いもとめる夢想家らしく、どんなかたちであれ、じゃまをされるとひどい拒否反応をしめした。ふたりはほとんど一時間としないうちに、マラガンに話しかけるのをあきらめた。だが、ふたりだけで話していてさえ、マラガンがいきなり激昂することがある。かれらは部屋のいちばん奥のすみにひっこみ、マラガンがたまになにかの理由でわずかのあいだ夢想を中断したときだけ、話をするようにした。

そんな機会のひとつが、マラガンが水を飲むときだった。ほかのふたりが話をするあいだに、かれは水道の蛇口を開き、両手で水をうけた。水はすぐに流れだしたが、マラガンは悪態をついて吐きだした……なぜか自動切りかえがうまくいかず、人間には飲めないほうの水が出てきたのだ。

マラガンは怒りに顔を赤くして背筋をのばし、いきなり蛇口をつかんで……それをむしりとった。素手で、軽々と。

蛇口のなくなった水道管からは、しばらく水が噴きだしつづけた。マラガンは冷静に後退し、ずぶ濡れになるのを避けた。壁の奥でなにかが閉じる音がして、水がとまる。

「信じられないことをするな」ファドンが皮肉っぽくいった。

マラガンは水たまりのそばに無言で立ちつくし、仲間ふたりを見つめた。ファドンはちらりと背後に目をやり、両手を握りしめた。次の瞬間にも、マラガンが襲いかかってきそうに思えたのだ。

だが、マラガンはふたりに背を向け、食事供給口のカバーを開けた。

「水をくれ！」そう叫んで、がちゃんとカバーを閉じると、寝台の上の定位置にもどり、むっつりとすわりこんだ。悪事をたくらむ復讐の神のように。

「きみがなんといっても、やっぱりなにかおかしい」ファドンがつぶやいた。「兄弟団のやつら！　サーフォになにをしたんだ！」

「いずれもとにもどるわ」スカウティはつとめて明るくそういったが、やはり不安はかくせないようだった。マラガンは変わった。それはもう否定しようがない。正確にいえば、変化はもっと前からはじまっていたのだ。二匹めのスプーディをいれたあと、マラガンはもう、以前のかれではなかった。スカウティとファドンは、ダブル・スプーディがようやくほんとうの影響をあたえはじめたと考えた。

友を見すてることなど考えもしなかったし、不幸な出来ごとをマラガンのせいにすることもない。三人はどんなに苦しいときもたがいに支えあい、そのことを誇りにしてきたのだから。

その気づかいと友情がマラガンを苦しめているとは、想像もしなかった。

マラガンは自分が、ふだんならかんたんにおさえられる感情に、いまは容易に圧倒されてしまうことを、徐々にはっきりと自覚していた。だが、気分は悪くない。からだを動かすと筋肉に力がみなぎっているのが感じられ、その力を発揮できないのがもどかしかった。周囲を見まわすと、それまでわからなかったものを発見した。友たちはまだ気づいていない。

壁に刻まれた文字を見ているうちに、その違いが目にとまったのだ。ほんとうに囚人が刻んだものと、べつの目的で刻まれたものがある……盗聴装置をしこむために。後者の文章は意味をなさず、古いほうはもう読めなくなっていた。それでもかれには、以前の囚人が壁に刻んだメッセージが理解できた。数日前だったら動揺し、兄弟団への考えをあらためていただろう。いまではもうどうでもよかったが。

ほかにも多くのものが見つかった。マラガンはその場から動くことなく室内を調査した。友の目の前でうろつきまわって、あちこち調べる気はなかったから。

たぶん夕方になったのだろう、ドアが開いた。武装したターツが二体、外に立っている。ノームのような一生命体が大きなバッグを持って、イタチのようにすばやくはいってくると、急いで水道の蛇口を交換した。マラガンはあらかじめ考えて、ドアが開いたら外の状況を観察できる場所にすわっていた。啓蒙されし者がすこしうしろに立っているのを見ても、驚きはしない。クラン人が手で合図を送る。その意味はすぐにわかった……〝まだそのときではない〟だ。

スカウティとファドンは脱出のチャンスをうかがっていた。だが、マラガンが身動きせず、おちついているのを見て、そんな考えは捨てたようだ。それ以前に、ノームはもう作業を終えて部屋の外に消えていた。

「いつかここから出られるのかしら？」スカウティが暗い声でいう。

マラガンは憫笑した。脱出路は……かれの意見では……はっきり明示されていて、気づかないほうがむずかしいくらいだ。教えてやってもよかったが、その場合、友たちの疑念を招くことになってしまうだろう。

「われわれ、どのくらいここにいるんだ？」マラガンはたずねた。

ふたりは幽霊でも見るようにかれを見た。

「《ソル》の精霊に感謝ね！」スカウティがようやく声をあげる。「もとにもどったわ」

マラガンは自分の態度が以前となにも変わらないことを告げようとしたが、自制した。

「どのくらいになる？」と、いらだたしげにくりかえす。

「二日だ」ファドンが答えた。「どうして？」

「監視されていたかどうか知りたいんだ。なにか見つけたものはあるか？」

「たいしてない。ずっと見張られているとは思わないが、確実なことはわからないな」

マラガンはすべてを綿密に考慮しているかのようにふるまった。

「リスクは覚悟する必要がある」と、すこし間をおいていう。「こんなところに何週間もいるつもりはないから」

これは本心だった。

「二週間までなら、ま、耐えられるかな」ファドンが渋い顔でつぶやく。

「そんなにはかからないだろう」マラガンが冷静に指摘した。「向こうはその前にどうにかしようとするはず。だが、それまで待つつもりはない」

「計画があるのね！」スカウティがいった。「話して」

「まだだめだ。話せることは多くないし、いずれにしても、夜まで待たなくてはならない」

ファドンはいきなり声をあげて笑い、マラガンの脇腹をついた。

「こういうきみのほうが、ずっといいぜ！」

かれはマラガンが、その短い接触に顔をしかめたことに気づかなかった。マラガンは友好的ではない意図で、やりかえしたい衝動に駆られた。懸命に自制するものの、ずっとつづいているいらだちが、はじめて不安をもたらした。

強いて目的に意識を集中する。脱出は円滑に実行する必要があった。ファドンとスカウティは自分を疑っている。わずかなミスにも気づいて、ただちに結論をくだすだろう。ふたりが疑念をいだけば、命に関わる。計画も危機に瀕する。

「ひとつだけ、合意しておくべき問題がある」マラガンはゆっくりと口を開いた。「ドエヴェリンクだ」

「いっしょに脱出できればうれしいけど」と、スカウティ。「でも、わたしたちだけ脱出して、すぐに防衛隊に知らせればいいはず。そうすれば、悪党の巣は急襲されるでしょう」

「そのとき、ドエヴェリンクがまだここにいると思うか？」マラガンがあざけるようにたずねる。「敵がわれわれの脱出に気づいたら、すぐにべつの場所にうつすか……殺してしまうだろう。もちろん、われわれには関係ないという立場をとることもできるが、それは危険な賭けになる。誘拐の共犯者とされる可能性も考えなくては。ドエヴェリンクは麻痺させられ、縛られて運びだされた。一方、われわれは武器をつきつけられたわけでもなく、見たところ自発的に、クラン人についてきた。ドエヴェリンクのまわりには多数のカメラが設置してあった。そのうちの一台でも、われわれがホールから出ていくところを撮影していたら、兄弟団の一味だと思われるだろう。自分たちの意志で行動したのだ、と」

「そうでないことは証明できる！」と、ファドン。

「すばらしい！」マラガンが皮肉っぽくいいかえす。「そのための時間がどれだけあると思う？　外には怒り狂った数万のターツが集まっていて、武器を持つ者も多いだろう。われわれが顔を見せたとたん、なにが起きるか考えてみろ」

「いきなり撃ってくるとは思えないわ」と、スカウティ。「そんなことをしたら、どうやってドエヴェリンクの居場所を聞きだすわけ？」

「理性的に行動する者ばかりではない」マラガンは冷静に指摘した。「唯一の確実な証人は、ドエヴェリンクだ。かれを救出すれば、われわれを指弾する者はいないだろう」

「つまり、あのターツを解放するつもりなんだな」と、ファドン。「だが、どうやって？　ドエヴェリンクとはまったく顔をあわせていない。兄弟団が洗脳して、仲間にしていたらどうする？」

「それはわたしにもわからない。力ずくでやるしかないだろう……いずれにしても、いつかは力にたよることになる」

「どこにいるのかもわからないのよ。何時間も探しまわるわけ？」

「その必要はない」と、マラガン。「ここに連れもどされる途中、見かけた。ドエヴェリンクは独房のひとつに監禁されている。ドアに印をつけておいた。外からはかんたんに開けられる。脱出するとき、いっしょに連れていけばいい」

「あなたならそれくらいはできると思うけど、あのターツを連れていくのはどんなものかしら。マルタ＝マルタにしか関心がなくて……危険な状況でどんな反応をしめすか、知れたものじゃないわ！」

「いずれわかる」マラガンが軽い調子で答える。

しばらくは全員黙りこんで、問題点を考察。

「サーフォのいうとおりだ」とうとう、ファドンがいった。「ほかに道はない。ドエヴェリンクを救出しないかぎり、われわれが兄弟団と無関係だと信じてもらえないだろう。いっしょに脱出しよう」

マラガンが問いかけるようにスカウティを見る。彼女もしぶしぶうなずいた。

マラガンはほっと息をついた。このハードルもこえられた。

あとは考えにふけりたかったが、そうはしない。友たちは、ほんとうに自分がどこかおかしいとは思っていないはずだ。いまは休息が必要らしいと考えているだけで。すこしのあいだ、そのましずかにしていてくれたら！

もちろん、いつまでもこんなことはつづけられない。自分の変化がますます強まっていることは、はっきりと感じていた。精神的・肉体的な力が増大する一方、いらだちも大きくなっている。必要に迫られて会話をしていると、いらだちのあまり、あたりのものを手あたりしだいに破壊したくなった。

マラガンはそれを、こんなせまい部屋に閉じこめられているせいにして、自分をなぐさめた。外に出られれば、ましになるだろう。

やがて、ようやくあたりが暗くなり、三人は数時間眠ることにした。いちばんチャンスが大きいのは、明け方近くと考えたから。これはスカウティとファドンがいいだしたことで、マラガンとしてはありがたかった。この時点で長々と議論するだけの力は、もうのこっていなかった。

＊

「どうやってドアを開けるの？」スカウティがたずねた。

「ま、見ていろ」マラガンがいい、水道の蛇口に近づく。

かれは啓蒙されし者にいわれたとおり、修理のようすをくわしく観察していた。ブレザーとスカウティに自力で脱出したと信じさせるのが重要なことは、よくわかっていた。ドアが〝たまたま〟開いていたり、見張りが鍵を〝かけ忘れ〟たりしたのでは……すぐに疑われてしまうだろう。だが、水道を使ったトリックなら、たぶん見ぬけないはず。

交換された水道管は、薄くてかたいプラスティック・パイプだった。長さは二十センチメートルほど、太さはクラン人の指くらいだ。そのいちばん手前のはしに、蛇口のレバーがとりつけられている。パイプは壁の穴からななめにつきだし、穴の奥には金属製の本管があって、そこに可塑性（かそせい）のパテで固定されていた。

マラガンの狙いはそのパテだった……それとパイプだ。

多少手こずりながらも、パイプをパテからはずす。水がふたたび勢いよく噴きだした。マラガンは一端が閉じたパイプを水流の下に置き、いっぱいになったのを確認して、後退した。そのパイプをスカウティに手わたす。

「水がこぼれないように注意しろ！」

水の噴出がとまるのを待ち、パテをはがして回収する。大変な作業で、マラガンの爪は欠け、皮膚はすりむけたが、どうにかちいさなパテの山ができた。スカウティにパイプを持たせたまま、その山に窪みをつくり、短い注ぎ口のかたちにする。そのあと、マラガンはドアに向かった。

部屋のドアは、外からはボタンを押せば開くが、なかからは鍵が必要になる……短い棒のようなものをタッチパネルに押しつけ、特定のインパルスを発してドアを開けるしくみだ。電子錠を素手で解除するのは無理だし、部屋のなかには原始的な道具さえない。なにかの道具をつくるにも、その材料がなかった。つまりその部屋は……クラン人の感覚では……脱出不可能だった。マラガンが目をつけたのは、タッチパネルのまわりのごく細い隙間だ。隙間は光沢のある薄い防水シートで保護されている。四人がふつうの方法で防水シートを剥がそうとしても、時間がかかりすぎて、剥がす前に露見してしまう。

だが、ベッチデ人にはパテとパイプがあった。くわえて、計画の実行には、ほんの一部を剥がすだけでいい。

マラガンはべたべたになった指で防水シートをこすり、パテでシートがふやけるのを確認した。柔らかく、弱くなるのだ。数分後には一部がすっかり剥がれていた。

隙間はごく細く、幅が四分の一ミリメートルほどしかなかったが、マラガンはくじけなかった。パテでつくった〝注ぎ口〟をドアに押しつけ、隙間から水が漏れないよう、慎重に固定する。

「うまくいけばいいけど」と、スカウティが疑わしげにつぶやいた。「このやり方で、ほんとうにドアが開くと思うの？」

「失敗するリスクはある」マラガンが冷静に答える。「運が悪ければ、ドアが開かなくなるだろう。その場合、兄弟団の連中は、われわれを外に出す方法を考えなくてはならない。だが、とにかくやってみるしかないんだ……ずっとここにいたくなかったら」

「それだけはごめんだわ」

「では、つづけるぞ」

マラガンはパイプをうけとり、注意深く水を垂らした。水は一滴一滴、ごくゆっくりと隙間に流れこんでいった。

「何時間もかかりそうだ！」ファドンがじれったそうに文句をいう。

マラガンは首を左右に振った。

「そうは思わない。この種の機構は水に弱いから」

ファドンはいいかえそうとしたが、そのときドアの内部でかちっと音がした。しゅっと空気が噴きだし、一拍遅れてドアが開く。

「こんなものだ」マラガンは満足そうにいい、パイプをひっこめた。

「どうして水をあんなに慎重にあつかわなくちゃならなかったのよ！」と、スカウティ。

「喉が渇いたからだ」マラガンはおちつきはらってそういうと、パイプにのこった水を飲みほした。

あとのふたりがそれを見てかぶりを振る。マラガンは笑って、パイプをコンビネーションの多数のポケットのひとつにいれ、小声でいった。

「行こう！」

通廊を見わたすと、思ったとおり、無人だった。しずかに反対側に移動し、ドエヴェリンクが監禁されているドアの前に立つ。ドアはすぐに開いた。

ターツは寝台に腰をおろし、暗い目つきでベッチデ人を見た。赤とむらさきの装飾を施した、明るい黄色の衣装を身につけている。独房内は照明され、寝台にはさまざまな衣服がならび、テーブルの上にはマルタ＝マルタの駒と盤のほか、食べかけの食事の皿もあった。ドエヴェリンクは明らかに、ベッチデ人よりもいい待遇をうけていたようだ。

「夜に休息もさせてくれないのか？」ドエヴェリンクが憤然とたずねた。

「誤解よ！」スカウティが急いでターツに近づく。「わたしたちも捕虜なの。いっしょにきて。脱出するところだから」

ドエヴェリンクは一瞬、まったく身動きしなかったが、次の瞬間にははねるように立ちあがった。衣類とマルタ＝マルタの駒と盤を飾りたてた薄い革製のバッグにつめこみ、脱出の準備をととのえる。

「だからいったでしょ」スカウティは仲間にささやいた。「腹がたつったらありゃしない。どうしてあの人はあれだけのものを持っていかなくちゃならないわけ?」

答える者はいない。

先頭は……最初の脱出行のときと同じく……マラガンだった。この建物のなかを走りまわって兄弟団の手から逃れたと信じたことを思い、つい苦笑する。もちろん、あの最初の脱走劇も啓蒙されし者の計画だった。ベッチデ人に脱出経路を把握させ、二度めの本番のとき、迷わず逃げられるようにしたのだ。

その努力は報われた。方向感覚にすぐれたベッチデ人はすぐに正しい道を見つけだし、ロボットの見張りがいるホールを避けて移動した。ドエヴェリンクもよくついてきていた。狩人三人とは比較にならないものの、ターツにしてはきわめて敏捷で、身のこなしも優雅だ。

マラガンは一行を先導し、たくさんあるテラスのひとつ、公園のような庭に出られる場所に向かった。こんどは兄弟団の待ち伏せもなく、庭もしずまりかえっている。芝生をつっきり、木々のあいだをぬけると、壁につきあたった。

この障害物は厄介だった。高さが四メートルほどもあり、表面は滑らかで、プロドハイマー=フェンケンでさえ登れそうにない。

「門はどっちだと思う？」スカウティが小声でたずねた。

マラガンは全体の配置を思いおこし、左を指さした。

「門には見張りがいるはず！」と、ドエヴェリンク。

「その対策もできている！」マラガンはにやりと笑って、前進しはじめた。

そのとおりだった。見張りは眠そうなリスカーで、四名の意図に気づいたときは手遅れだった。スカウティとファドンが見張りを縛りあげて猿ぐつわを嚙ませ、マラガンとターツが制御装置を調べる。門が開いた。

その先は美しく輝くクールス＝ヨトの街路だった。光と生命にあふれた都市の一角だ。数分後にはターツの一団がかれらの前に立ちふさがった。武器を手にしたブルーの制服姿の防衛隊が、ベッチデ人三人に銃口を向ける。だが、その怒りはマルタ＝マルタの名人を目にしてたちまち霧消した。グライダーが呼ばれ、誘拐事件の被害者たちが庁舎前に到着すると、そこにはもうターツの大群衆が集まっていて、ドエヴェリンクに歓呼の声を浴びせた。ベッチデ人はまるで勝利の凱旋のように、防衛隊長グロフレルが待つ部屋に行進していった。

# 6

誘拐された者たちの帰還の知らせは、爆弾のように都市を直撃した。クールス＝ヨト全体が眠りからたたきおこされた。ターツはもちろん狂喜乱舞したが、ほかの種族の者たちも、この不幸な事件が不幸な終わり方をしなかったことをよろこんだ。ドエヴェリンク解放に関する公式声明は夜明けの一時間後に発表され、そのときから町全体が、マルタ＝マルタの名人の生還とルゴシアード開会を祝って、お祭り騒ぎとなった。実際には、開会はまだだったが。

クールス＝ヨトの住民と訪問客が歓喜に酔っているとき、ベッチデ人三人とドエヴェリンクは、グロフレルとその副官たちの事情聴取をうけていた。それはかんたんなものではなかった。

グロフレルはいかついクラン人で、見た目は恐ろしいが、態度は驚くほど礼儀正しく、丁重ですらあった。実際に事情聴取をするのはターツのオプで、木槌のように融通がきかず、怒り狂ったキルクールスのように仮借ない。すぐにわかったのは、オプがグロフレルのもうひとりの副官、女クラン人のイルスガに強烈なライヴァル心を持っていることだ。イルスガは経験豊富で、抜け目なく、頭が切れる。彼女を前にしたときは、充分に注意したほうがいい……やましいところがあるのなら。

ベッチデ人にそんなところはなかった。防衛隊長とその副官たちを相手にすることになっても、びくびくするどころか、ほっとしていた。自分たちがドエヴェリンクの救出に大きな役割をはたしたことは、否定されようがないから。

ただ、奇妙なことに、オプはこの救出劇が完全にまともなものではないとみなしていた。グロフレルとイルスガはドエヴェリンクの救出をよろこんでいて、誘拐と解放に疑問点があるとしても、その詮索はあとまわしでいいと思っているようだが。

オプだけは態度が異なり、根掘り葉掘り質問をぶつけてきた。まちがいなく事件の被害者であるドエヴェリンクは、ついに忍耐の限界に達した。

「これはどういうことかね？」と、冷たくたずねる。「わたしは誘拐され、数日のあいだ監禁された……クールス＝ヨトのまんなかで。防衛隊はわたしを発見し、解放することができなかった。このベッチデ人三人は、本来きみたちがすべきことを、かわってしてくれたのだ。それなのに、オプ、きみはわれわれを犯人あつかいしている。いったいどういうつもりだ？」

サーフォ・マラガンはすべてをじっと観察し、イルスガが満足そうに、椅子の背にもたれるのを目にした。グロフレルもまた、はっきり態度には出さないが、ドエヴェリンクに同感しているらしい。

オプはドエヴェリンクの憤慨を意に介さなかった。

「おちついて」と、同じ種族のドエヴェリンクに声をかける。「わたしが状況を考慮して、慎重に聴取を進めていることに、感謝すべきだろう。あなたは兄弟団に囚われていて、そのあいだになにがあったのか、わかっていないのだ」

「だったら、わたしにたずねればいいではないか」ドエヴェリンクは皮肉で応じた。

「それだけでは不充分だ」

「ほかにどうしろと？」

「兄弟団のところにいたあいだに変化していないことを、証明してもらいたい！」

「ずいぶんな要求だな」相手はおもしろがるようにいった。「マルタ＝マルタの勝負でもしてみるかね？」

「いや」と、オプ。「あなたの能力に変化がないことは、確信している」

「では、いったいなにが望みなのだ？」

「兄弟団にくわわる者の多くは、違法なダブル・スプーディ保持者だ。二匹の共生体を持つ者は、ときとして、他者に不思議な影響力を行使することがある。相手を支配し、どんな命令にもしたがわせることができるのだ。あなたは今回のルゴシアードの有力候補のひとりで、スーパーゲームの出場者となる可能性が高い。エドヌクに登場するほどの者ならば、惑星クランに行くことになる見こみも大きいだろう。兄弟団は、自分たちのために働く者を、ぜひ送りこみたいと思っているはず」

ドエヴェリンクはオプを無言で見つめていた。一方、イルスガは椅子を蹴って立ちあがった。

「もうたくさん！」と、怒りの声をあげる。「グロフレル、この無礼者の口を閉じさせてください。ひどい目にあってきたドエヴェリンクに、こんなおろかな非難をくわえるとは！」

オプは彼女のほうに顔を向けようともしなかった。

「あなたが自分でも知らないうちに裏切り者になる危険を、なくそうとしているだけだ」しずかにそういい、ドエヴェリンクをじっと見つめる。「ターツ全体が責任を問われかねない……あなたひとりの問題ではなくなる」

「なにをばかな！」と、イルスガ。「信じてはだめよ、ドエヴェリンク！　オプは目だちたいだけなんだから！」

「話の筋は通っている」ドエヴェリンクはおちついていた。「オプが間違っているのはわかるが、それを証明する手段がない」

「ひとつ可能性がある」と、オプ。「うちの科学者に調べさせてもらいたい。徹底的に検査する」

「そんな時間はない」グロフレルがいった。「ルゴシアードはまもなく開会する。そうなれば、参加者の検査はタブーだ。きみもよく知っているはず」

「だったら、あのアイ人を使うしかありませんな」

イルスガがおちつかなげに身じろぎした。

「どのアイ人？」

「思考が読める男だ」オプがこともなげにいう。

「本人がそういっているだけよ！」

「いや、実際に成功している。調べてみたが……一度だけでなく、つねにうまくいった。ドエヴェリンクがわれわれにとって危険なものを持っているかどうか、あのアイ人ならわかるはず」

オプはグロフレルに向きなおった。

「許可をお願いします！」

グロフレルは、人間が肩をすくめるのに相当するしぐさをした。

「害はないだろう」と、イルスガにいう。オプは部下に命じて、問題のアイ人と通訳を連れてくるよう指示した。

待っているあいだに、マラガンはそのアイ人が自分にとって危険かどうかを熟考した。

ほんとうに思考が読めるとしたら、たとえ相手がこちらに意識を集中しなくても、考えを見ぬかれる危険がある。どうせぺてん師だ、と、見すごすわけにはいかなかった。自衛のための行動にうつるべきだ。

部屋から出ていくことはできない。オプに疑念をいだかせてしまうから。ここから動かず、正体を暴かれないようにするには、どうすればいいか。かれはこれまでの旅の思い出にひたることにした。

ふたりの友はマラガンの変化に気づいた。マラガンはじっとすわったまま、宙を見つめている。その表情からは強く意識を集中していることがわかるが、同時にとてもリラックスしてもいるようだ。

「また考えこんでいるぞ！」ブレザー・ファドンがいった。「まるで、ここでなにも起きていないかのように！」

「たいしたものを見逃してるわけじゃないわ」スカウティが皮肉っぽく応じる。

オプは探るような視線を彼女に向けたが、そこにアイ人と通訳のプロドハイマー＝フェンケンがはいってきたので、注意はそちらにうつった。

そのアイ人は同族とくらべても異様に長身で痩せていて、身長は二メートル半くらいあり、ひよわそうに見えた。横にいるプロドハイマー＝フェンケンが、まるで侏儒のようだ。アイ人はゆっくりした足どりで部屋の中央まで進み、立ちどまった。通訳は急ぎとさえしなかった。

足でオプの前に進み、仰々しく挨拶した。アイ人は動かない。部屋のなかを見まわすことさえしなかった。

「この男の思考を読むようにいえ!」オプがドエヴェリンクを指さしていった。

プロドハイマー＝フェンケンは急いで連れのところにもどり、力づけるようにからだをつつきながら、すばやくなにか話しかけた。アイ人がゆっくりと向きを変え、ドエヴェリンクを見る。そのとき、短い眼柄の先の目が奇妙な動きを見せた……まるで、眼柄をからませようとするかのように。

二、三分は、息づかいの音さえ聞こえるくらいのしずけさがひろがった。アイ人が右手をあげる。長くて細く、ほとんど透きとおって見えそうな八本の指が、奇妙なリズムで動いた。ドエヴェリンクがヒュプノにかかったようにそれを見つめる。アイ人が〝話し〟はじめ、頭部がリズムを変化させながら、光ったり暗くなったりした。

ファドンは、アイ人を観察していたグロフレルが急に顔を輝かせたのに気づいた。一方、オプはいらいらしながら、プロドハイマー＝フェンケンがアイ人の信号を通訳するのを待っている。

「このターツの思考には、あなたがたが心配するようなものはありません」

オプはたちまち不機嫌になった。

「もう行っていいぞ!」と、小声でいう。「アイ人も忘れずに連れていけ!」

「待て！」グロフレルが声をあげた。

　オプに向きなおる。

「中途半端（ちゅうとはんぱ）はよくない」にこやかにそういい、アイ人に声をかける。「この部屋のなかに、兄弟団とつながりのある者がいるかどうか知りたい！」

　アイ人は明滅信号で返答し、からだの軸を中心にゆっくりと回転して、その場にいる全員を見まわした。やがて停止し、ふたたび信号を発する。グロフレルは微笑した。

「なにもなし！」オプに向きなおり、アイ人には退出の合図をする。異人は出ていき、プロドハイマー＝フェンケンもそのあとにつづいた。このなりゆきに、いささか失望しているようだ……自分のお気にいり参加者にとってのライヴァルを、競技開始前に蹴おとせるかもしれないと思っていたのだろう。

「あのアイ人は期待はずれでした」オプが憤然とつぶやく。「わたしには確信が……」

「もういい！」グロフレルがターツをたしなめた。「ドエヴェリンクが誘拐されたことで、ルゴシアードは危機に瀕していた。いいかたちで解決したのはさいわいだ。これ以上なんの問題も起きないことを、心から願っている」

　立ちあがり、ドエヴェリンクのほうを向く。

「もどって、競技の準備をしていただきたい。あなたのファンがその時間をあたえてくれればだが」

スカウティがマラガンをつつき、

「起きて！」と、ささやいた。

マラガンは目に見えそうなほどの衝撃とともに、現実にもどった。ちょうどそのとき、グロフレルが三人に近づいてきた。

「きみたちには感謝している。勇敢で思慮深い行動だった。幸運を祈る」

「たしかに、幸運が必要そうです」ファドンは居心地悪そうに答え、急にいらいらしはじめたようすのマラガンを見やった。「われわれが脱出してきたあの建物は、もう調べたのですか？」

「もちろんだ」グロフレルは真剣な表情になった。「きみたちの話を裏づけるシュプールが、大量に見つかった」横目でオプを見やる。「残念ながら、兄弟団はすでに逃げたあとだったが」

ファドンとスカウティはうなずいた。予想どおりだ。マラガンを見ると……かれは微笑していた。

# 7

三人はグライダーで戦士の館に帰還したが、ルゴシアード開会まで、もう時間はすこししかなかった。それでも、たとえ一、二時間でも居室にもどれてほっとした。汚れて、よれよれの気分だったのだ。入浴と新しい衣服が奇蹟を起こし、競技の開始さえ、多少とも楽観的に思えてきた。

「さて」遅い朝食の席につくと、スカウティがいった。「わたしたち、ルゴシアードでなにができるのか、検討する必要があるわね」

「かんたんだ」と、ブレザー・ファドン。「無視すればいい。ありもしない能力をしめすよう、強要されるいわれはない」

「ひとつ考えがある」サーフォ・マラガンが口をはさんで、ふたりを驚かせた。「わたしが賢人を演じる。きみたちはその従者だ」

スカウティはぽかんと口を開けてマラガンを見つめた。

「どうかしてる！」かなりの間があって、ファドンがいった。「きっとそうだ、あのダブル・スプーディのせいで……」

マラガンはこぶしをテーブルにたたきつけた。皿がはねあがって踊る。

「いうとおりにするんだ！」かれは自制を失って叫んだ。

ファドンは衝撃をうけ、マラガンを見つめた。

「いいだろう」と、なだめるようにいう。「そう興奮するな。反対してるわけじゃない。そこまでいうなら、従者を演じよう！」

マラガンは脅すようにかれを見つめ、おちつきをとりもどした。

「必要な用意をすべてしてくれ」と、暗い声でいう。「とりわけ、数十の質問が一度に集中しないよう、気を配ってもらいたい。観客の注目を集めることも忘れるな」

「それだけか？」ファドンが皮肉っぽくたずねたが、マラガンはその声の調子に気づかなかった。

「いまのところ、それだけだ」と、真顔で答える。

「いいわ、やってみましょう」と、スカウティ。「でも、ひとつだけ……笑いものになるのが恐くないの？　賢人……この言葉が公国の住民にとってどんな意味を持つか、わかってるはずね。あなたがそう名のっても、観客の支持は得られないと思う」

マラガンの目に剣呑な色が浮かんだ。

「すぐにかっとしないで」スカウティが急いでいう。「あなたを手助けしたいのよ！」

「だったら、わたしの指示どおりにしろ！」マラガンの口調は冷酷だった。

「ええ、もちろん」スカウティはあきらめたようにつぶやいた。

考えながら、あたりを見まわす。

「どうしてサイラムとウィスキネンは姿を見せないのかしら」

「ほかの用事があるんだろう」と、ファドン。「そうでなければ……たしかに、あのふたりらしくない。中庭にいるんじゃないかな」

「見てくるわ」

スカウティは胸壁のあるアーチ天井の歩廊に出て、中庭を見おろした。いつもなら、戦士の館に寝泊まりしている者たちが数人、訓練をしているはずだ。だが、その日はほとんど人影がなかった。知らない種族の者がふたり、中庭のまんなかでゆっくりと円を描いているだけだ。どうやらふたりは儀式的な戦いをはじめるところらしい。突然、一方が空中に躍りあがり、もう片方が雷に打たれたように地面に倒れた。スカウティには倒れた理由がわからない。数分後、その戦士はふたたび立ちあがり、ふたりで同じ動きを再開した。

スカウティはほかの戦士を探し、ターツのガラインを見つけた。階段のいちばん下の、影のなかにすわっている。剣は足もとの地面に置いてあった。

彼女は階段をおりていった。ガラインが足音に気づいて振りかえる。どうやらだれかを待っていたようだ。スカウティの姿を見ると、がっかりしたように下を向いた。

「きみか」と、つぶやく。

「サイラムはどこにいるか知らない？」

「知らない。わたしも朝からずっと待っているんだが」

「まだ部屋にいるんじゃないかしら。行ってみましょうよ」

　ガラインはためらった。師のじゃまをすることになるかもしれない、と、気にしているのだ。

「わたしが言葉を誤解したのかもしれない。きょう、教えをうけられないのは当然のことだろう」

　スカウティは曖昧(あいまい)なしぐさをした。

「わたしにはなんともいえないわね。わかってるのは、わたしたちもサイラムをまったく見てないいってことだけよ」

　ターツは驚いて立ちあがった。

「きみたちのところに行っていない？」

「ええ」

「ずっと、きみたちを探しまわっていたのだが！」

　スカウティはガラインを見て、考えこんだ。

「なにかおかしいわ」と、声をひそめる。「きて」

こんどはターツもためらわなかった。剣をつかみ、ベッチデ人といっしょに階段を駆けあがった。

サイラムとウィスキネンは四階の隣りあった部屋で起居している。スカウティとターツは両方のドアをたたいたが、応答はない。ベッチデ人はしびれを切らし、全力でこぶしをたたきつけた……いきなりドアが開いた。

ガラインは驚いて動きをとめ、

「待て!」と、ささやいた。

スカウティはよろこんでかれを先に行かせた。ターツが慎重に部屋に踏みこむ。ドアがさらにすこし開き、彼女の鼻がよく知っているにおいを感じた。

「だめ、とまって!」あわてて声をかけたが、遅かった。

ターツが奇妙な叫び声をあげる。スカウティは急いであとを追い、ガラインに追いつくと、その場に立ちつくした。

最初に見えたのはサイラムだけだった。クラン人は床に横たわり、無数の傷口から血を流していた。そのあとウィスキネンも見つかった。すこしはなれたところで、椅子のそばに倒れている。

「だれがこんなことを?」ガラインは茫然としていた。

スカウティは答えず、ターッを押しのけると、サイラムの上にかがみこんだ。ためらいがちに、クラン人の頸筋に手をあて、時間をかけて血管を探りあてる。弱いながらもはっきりと脈があった。顔をあげると、ガラインと目があった。

「まだ生きてるわ。助けを呼んできて。早く!」

そのときには、ターッはもうドアから駆けだしていた。

スカウティはウィスキネンの脈もみた。プロドハイマー＝フェンケンは死んでいた。サイラムのところにもどり、そのそばにしゃがみこむ。たいした役にはたたないだろうが、無数の傷口からの出血をできるだけとめようとした。無力感は大きかった。

外からあわただしい足音が聞こえ、ファドンがドアの前に姿を見せた。目をまるくしてクラン人を見つめ、急いでスカウティに手を貸す。やがて数体のターッとプロドハイマー＝フェンケンも駆けつけてきた。ちいさな水色毛皮がいらだたしげにスカウティを押しのける。彼女はよろこんで場所を譲った。

「助かりそうか?」ファドンがターッにたずねる。

「たぶん」相手は曖昧に答えた。「とにかく、いまは部屋から出ていてくれ」

外に出ると、ドアのそばにガラインがぼんやりと立っていた。このターッはベッチデ人よりも大柄で強靭だが、いまはまるで、なにか悪いことが起きてとほうにくれている子供のようだった。

「助かる見こみはあるわ」スカウティが思わず声をかける。「きっと生きのびるはずよ。ああいう人は、かんたんには死なないものだから」

ターツは彼女に感謝の視線を向けた。

「きっと犯人をつきとめる」と、ガライン。「見つけたら、この手で殺してやる」

スカウティはなにもいわず、ターツは彼女に背を向けて、重い足どりで去っていった。

「かわいそうに！」ファドンがつぶやく。「理解できるよ。わたしが同じ立場なら、やはり復讐しか考えられないだろう」

「そうなると、危険かもしれない。だれがやったにせよ……あのふたりに勝ったんだから。かんたんなことじゃないわ」

ファドンははっとした。

「それはまったく念頭になかった」と、驚いた顔になる。「だが、そのとおりだ。死をかけた戦いだったにちがいない」

かれは周囲を見まわした。

そのあいだにも、戦士たちが続々と集まってきた。壁ぎわに無言でならび、だれかが部屋から出てきてサイラムの容態を説明するのをじっと待っている。ファドンはそのなかのひとりに近づいた。がっしりした、褐色の肌の四本足だ。

「この階に住んでいるのか？」ファドンがたずねる。

相手は狡猾(こうかつ)そうなちいさな目をかれに向けた。

「ああ」と、がらがら声で答える。「ウィスキネンの隣りの部屋だ」

「戦いの音は聞こえなかったか?」

四本足は考えるように右耳のうしろを掻いた。

「聞こえなかったな。妙な話じゃないか?」

グリーンの鱗(うろこ)がある異人がふたりに近づいてきた。

「わたしもなにも聞こえなかったが、見たものならある」

「話してくれ!」四本足が息せききっていい、相手は一拍おいて答えた。

「クラン人ふたりとターツ一体が、サイラムのところにいたんだ。部屋から出てくるのを見た」

「どんなやつらだった?」と、ファドン。

「ふつうのクラン人とターツだよ」グリーンの鱗が困ったようにいう。「わたしには個体の見分けがつかない」

「そうじゃない。とにかく、戦いがあったはずだ。わたしはサイラムとウィスキネンをそれほどよく知っているわけじゃないが、それでも、あのふたりを倒したほうも、かなりの手傷を負っていると思うんだ」

「なるほど、そういうことか。だが、そいつらは戦ったあとのようには見えなかった。

服装もきちんとしていた。一クラン人はきれいなスカーフを巻いていたが……とてもうまく結んでいて、あのかたちにととのえるには何分もかかるだろう」

「戦ったあとで、身なりをととのえたのかもしれない」ターツに似ているが、小柄で肌の黒い異人が話にはいってきた。

「サイラムと戦ったあとで？」四本足は苦笑した。「スカーフや服装よりも、先に手当てすべき傷がいくらでもあったはずだ。サイラム相手のただの訓練でさえ、注意しないと全身が痣だらけになる。生きるか死ぬかの真剣勝負となったら……ガラインがもうすこしおちついたら、話を聞いてみるといい。本気のサイラムがどんな戦い方をするか、教えてくれるだろう。その三名が怪我もなく、生きて部屋から出てきたというなら、戦いはなかったのだ」

「ははあ！」ターツに似た異人がいった。「では、ウィスキネンが死に、サイラムも瀕死の重傷だという事実は、どう説明する？　自分で自分を傷つけたとでも？」

「なにがあったのかは、わからない」と、四本足。「ただ、ひとつたしかなことがある。この事件はなにかがおかしい！」

　かれはベッチデ人ふたりに顔を向けた。

「この件はわれわれで解決したい」と、真剣な表情でいう。「被害にあった二名のことはだれもが知っているし、サイラムを崇拝している者も多い。もし、なにかわかったら……報告してもらいたい」

ファドンはうなずき、振りかえった。

「下にもどっていよう」

「どうしてサーフォはこないのかしら？」スカウティが不思議そうにいう。

「また夢を見ている。どうにもできないが、心配だ。どこかおかしい気がする！」

「ルゴシアードで演じる役割にはいりこもうとしているんでしょう」

ファドンはよく聞きとれないことをぶつぶついいながら、階段をおりていった。

# 8

クールス＝ヨトの責任者たちは、公爵グーと話すたびにすべて順調だと強調したが、かれらの不安は日々高まっていた。だが、ルゴシアード開会日の前日の朝、その不安はいきなり解消された。公爵は諜報員から、ドエヴェリンク解放の知らせを聞いた。奇妙なことに、この解放劇の立役者はベッチデ人だという。

公爵はすでに惑星クランで、アルキスゾンからの報告を聞いていた。艦長がこの奇妙な新入りたちをあつかいかねていたため、惑星クールスに連れていくよう命じたのだ。自分もそこに行くことになっていたから。三人に興味をしめすことが、奇異に思われるのはわかっていた。噂の芽を早いうちに摘もうと、公爵はベッチデ人をルゴシアードに参加させることにした。そうすれば、公爵が三人と話をしたくてクールスに呼びよせたわけではないという観測が生じるだろう。

公爵はすぐにも面会して話をしようとしたのだが、その矢先にベッチデ人が消えたとの報告がはいったのだった。しびれを切らした公爵は、ルゴシアード開会前に、せめてベッチデ人の第一印象だけでも把握しようとした。

そこでタルニスに連絡し、会談の設定を依頼した。かれはほかの都市管理者ふたりにくらべ、ひどく意気消沈しているようだった。公爵はタルニスを担当している諜報員を呼びだした。

「原因は息子の件です」公爵がもっとも信頼するひとり、クラン人のムサンハアルがいった。「ひどい出来ごとがあったと、ジュルトゥス＝メがサイラムから聞いています」

「サイラムもクールスにいるのか？」

「ルゴシアードに出場することになっています。《マルサガン》ではベッチデ人といっしょでした。三人に会っていて、その縁でベッチデ人を戦士の館に逗留させています。兄弟団はそれを聞きつけたにちがいありません。タルニスの息子はサイラムの弟子になってスキャンドに行くことを望んでいましたが、初対面のサイラムにどう見られるかわからないので、充分な準備をしようと、山での修行に向かいました。そこで兄弟団に捕らえられたのです。少年は第二のスプーディを埋めこまれ、薬物を投与され、戦士の館に送りこまれました……明らかにスパイとして。もちろん、この計画は頓挫しました。兄弟団は不安を感じたのでしょう。少年から二匹のスプーディを摘出し、薬物を大量に投与して、記憶を消すのに成功しました。少年が回復することはないでしょう」

「それでタルニスが意気消沈している理由がわかった。だが、なぜそのことを話そうとしない？　息子が犠牲になったことを恥じているのか？」

「そうは思いません。たぶんルゴシアードのせいでしょう。兄弟団はこれまでも、ルゴシアードを自分たちの目的に利用しようとしてきました。ただ、その動きはかならずしも活発ではなく、クールスではほとんど存在を感じないほどでした。ところがいま、かれらが町のどまんなかに強固な拠点をつくっていたことが判明したのです。しかも、そこからなんのシュプールものこさず消えてしまったため、ほかにもかくれ場があるのではないかと、だれもが考えています。クールス＝ヨトの人々は、兄弟団のせいでルゴシアードが中止され、べつの惑星で開催されるのではないかと恐れているのです」

公爵グーは黙って耳をかたむけた。すでにほかの公爵たちと、この件を話しあっていたのだ。三人の合意で、ルゴシアードは開催することに決定している。なぜなら、この競技会は……もろもろふくめて……公国の市民たちをつなぐ接合剤だから。だれであれ、その種族の基準から見て一芸をきわめていれば、競技会に参加できる。それはつまり、母星が公国中枢部からどれだけはなれていようと、その種族がどれだけ人口がすくなく、影響力がちいさかろうと……ルゴシアードではチャンスがあるということ。たいていの場合、弱小な者たちは、参加できただけで満足する。そのルゴシアードは、あくまでクールスで開催しなくてはならない。開催できる唯一の場所なのだ。ほかの惑星でも競技に適した場所を用意し、スーパーゲームを実施することは可能かもしれないが、それではどこにでもあるただのコンテストでしかない。

「今後も兄弟団の干渉があると考えるべきです」ムサンハアルがいった。

「それはわかっている」公爵は考えながら答えた。「注意をおこたらないようにな」

課報員に連絡がはいり、話はしばらく中断した。連絡が終わり、公爵は驚いた。ムサンハアルが怒りと恐怖を必死の形相でおさえていたのだ。

「戦士の館に部下をやっておいたのですが」その口調には感情がなかった。「もっと早くそうしておけば！　サイラムが襲われ、弟子が死亡しました」

「犯人はわかっているのか？」

「いいえ。ですが、兄弟団にちがいありません」

「サイラムがなにか知っていたということか」

「ジュルトゥス＝メが話をしたはず。聞いてみましょう」

公爵はうなずいた。だが、その場に呼ばれたジュルトゥス＝メも、公爵とムサンハアルが知っている以上のことは知らなかった。

「サイラムはなにか示唆していなかったか？」と、公爵。

ジュルトゥス＝メは記憶をたどった。ウィスキネンがいっていた、ばかげた噂……兄弟団が四重スプーディ保持者をルゴシアードに送りこもうとしている……を、すぐに思いだす。だが、彼女はそれをただの妄想と判断し、話す必要はないと考えた。

「なにか知っていたとするなら、ここ数時間以内にわかったことだと思います。さもなければ、わたしに話したはずです」

「この件では、べつの問題があります」ムサンハアルがいった。「サイラムには、戦士の館に多くの友がいます。とりわけ、非クラン人の友が。その者たちは当然、この事件に激怒しており、復讐を叫んでいます。一方、さまざまなかたちでサイラムと対立していた、敵とみなされている者たちもいます。早急に手を打たないと、暴力沙汰になりかねません」

「サイラムがそれを知ったら……」ジュルトゥス＝メが不安そうにつぶやく。

「サイラムはまだ知らないし、いまのところ、信奉者たちを説得できる状態でもない」と、ムサンハアル。「かれらも、背後にいるのが兄弟団だと知れば、真犯人を捕まえるのは不可能だとわかるだろう。なんらかのシュプールがあったとしても、グロフレルの部下が揉み消すはず……われわれに知られまいとして」

「そうならないよう、手をまわしてくれ」公爵が指示した。「必要なら、シュプールを捏造してもいい」

公爵は話のあいだがまんしてすわっていた、特別製の柔らかい椅子から立ちあがった。

「わたしはベッチデ人と会見する。多少とも理性的な話しあいができるといいのだが。ジュルトゥス＝メはわたしに同行し、ほかの報告がはいったら伝えてもらいたい」

「わたしはサイラムのほうを担当したほうがよくありませんか？　なにか話したいことがあるかもしれません。意識がもどったとき、その場にいたいのですが」

「年はとりたくないものだな」公爵がつぶやく。「たしかにそのとおりだ。サイラムのところに行け。報告はべつの者に伝えさせよう」

しばらくすると《クラノスI》のクリドセル艦長から、グライダーの用意ができたと連絡があった。公爵は〝とりまき〟をひきつれて艦をあとにし、伝統にのっとりルゴシアード開会式がおこなわれる会場に向かった。タルニスと申しあわせたとおり、そこでベッチデ人と会見するのである。

＊

開会式までまだ一時間もあるというのに、広場は観客であふれていた。あまりの人ごみで、見えるのは頭ばかりだ。グライダーからプロドハイマー＝フェンケンのこぶしほどの物体を投げおとしても、それが地面に落ちる可能性はほとんどないだろう。

公爵グーが一時間後、いちばん下のバルコニーに姿を見せることになっている建物は、厳重に警備されていた。通廊には武装したターツが配備され、屋外では二列になって防衛線を敷いている。公爵とその随行員が案内される予定のホールは、さらにものものしく警戒されていた。公爵はそのことで、タルニスに皮肉なひと言をかける誘惑にあらがえなかった。タルニスは公爵を見て、驚いた顔になった。同じくクランから任命されている都市管理者のハルガメイスとマルンツは、急いで前菜の皿に向きなおり、料理の選択のチェックに余念がないふりをした。

公爵は自分の偽装が完璧すぎたのか、それともかれらが理性を失ったのか、と、自問した。こんなあからさまな過剰警護に、気がつかないわけがない!

「それで、ベッチデ人はどこだ?」と、性急にたずねる。「話がしたいのだ!」

「いま、ご案内します」と、タルニスが丁重にいう。すぐにグロフレルがあらわれた。

「ごくふつうの新入りですよ」防衛隊長は神経質になっていた。「なぜ、すぐに話がしたいのです? ルゴシアードで重要な役割をはたすことなど、まずありえない者たちですが」

「そのごくふつうの新入りが、大騒動を巻きおこしたではないか」公爵が皮肉っぽく指摘する。「特殊な能力を持っているのはまちがいないだろう。きみたちが慎重にかくした問題ごとを、白日のもとにひっぱりだしたのだから」

あわれなグロフレルは驚きのあまり全身の毛を逆立て、タルニスはいまにも気を失いそうだった。

「行こうか」公爵は快活にいい、随行員に合図した。

ベッチデ人三人はそう遠くない一角に立っていた。周囲には多くの者たちが集まっているのに、なぜかかれらは孤独そうに見える。公爵グーは驚きの表情でしばらく三人を見つめた。ショックに圧倒されている。それから、ゆっくりと三人に近づいた。

＊

スカウティとサーフォ・マラガンとブレザー・ファドンは、公爵グーが会いたがっているといわれても、どううけとればいいのかわからなかった。あたふたとやってきたカルツィコスに、戦士の館から連れだされたのだ。いま、三人は数百人が集まったひろいホールのなかに立っている。オプやイルスガほか数人が、興奮して話しかけてきた。

かれらは明らかに、誘拐事件の顚末を公爵に話してもらいたくないようだった。いちばんいいのは、なるべく口を閉じていて、公爵の質問にできるだけ短く答えることだろう。クールス＝ヨトの責任者の面々は、兄弟団に注意が向くことに、とまどいさえおぼえているようだ。

やがて、公爵グーが近づいてきた。さまざまな警告や助言を聞かされてきたベッチデ人三人のなかには、公爵のイメージがすっかりできあがっていた。だから、カラフルな衣装に身をつつんだ、気どった態度の、いささか小柄なクラン人を見たときには、やや失望させられた。

「こちらがベッチデ人です」グロフレルがわざとらしいほどの親愛の情をこめて紹介し

た。「どんな質問にもお答えします、公爵」

公爵は防衛隊長に奇妙な視線を向け、周囲に集まった者たちを見まわした。衆人環視ではない場所で話がしたかったのではないか、という考えが、ちらりとスカウティの頭をよぎった。

公爵が彼女のほうを向いた。

「生活に不便はないかね？」

「ええ、はい」スカウティは戦士の館のことを思った。ほんの数時間前に殺傷事件が起きたわけだが……それは居室の居心地のよさとは関係ない。

公爵はマラガンに顔を向けた。

「この町は気にいったかね？」

「クールス＝ヨトの市内を、まだあまり見ていないので」マラガンが正直に答える。

「うむ、それはそうだろうな」公爵はわけ知り顔でいい、横目でちらりとグロフレルを見た。「ルゴシアード参加の準備は、もうできたかね？」

「できています」マラガンがにこやかに答える。

「いいところを見せてくれるのを期待している」公爵はファドンに向きなおった。

「そうしたいと思っています」ファドンがおちついて答える。

「ルゴシアードではなにをするのかね？」

「わたしが賢人を演じます！」マラガンが大声で、はっきりと宣言した。

グロフレル、オプ、タルニスをはじめ、その場にいた全員が明らかな動揺をしめす。

公爵だけは動じることなく、興味深そうにマラガンを見つめていた。

「賢人をね。わたしの知るかぎり、賢人を演じたという話は聞いたことがないな」

「もちろん、わたしはクランドホルの賢人に比肩するような者ではありません」マラガンは淡々としていた。「ただ質問に答えるだけです」

「ためしてみてもいいかな？」

人々は身を乗りだした。公爵がベッチデ人を、とりわけ、賢人を演じるといっているひとりを、この場で笑いものにしようとしている。

だが、マラガンは罠に落ちなかった。

「ルゴシアードはまだはじまっていません」と、冷静に答える。「開会後なら、できるかぎりお答えします。それまでは、手の内は見せないようにしたいと思います」

公爵は声をあげて笑った。

「賢明な答えだ。きみがルゴシアードで〝クールスの賢人〟をどう演じるか、楽しみにしている！」

不満そうな人々を尻目に、からかうように一揖する。そこに随行員のなかの若いクランドホル人女性が薄いスープを運んできて、ちょっとした口論になった。公爵は肉が食べたいといい、まわりは懸命にそれをとめようとしている。どうやら公爵は艦をはなれるとき、ひどい腹痛を訴えていたらしい。

「たしかにそのとおりだが」公爵があわれっぽくいう。「あれは空腹のせいだったのだ！」

「そうおっしゃいますが」スープを持ってきた女性の声は、きびしいと同時に情愛にあふれていた。「あとでまた痛くなって、のたうちまわることになるんです。お願いですから、スープを飲んでください！」

公爵はしぶしぶ承諾し、随行員たちはかれがスープを飲むのを、目を細めて見守った。スカウティもそれを見ながら、同時にほかのことを考えていた。見慣れない種族の表情は読めないが、クラン人とターツとプロドハイマー＝フェンケンの顔には、嘲笑や侮蔑や無理解といった表情を読みとることができる。

公爵はそうやって、自分を笑いものにしているのだ。彼女は驚きをおぼえた。なぜそんなことを？　思い知らせてやることもできるはずなのに！

好奇心に満ちた人々も徐々にばらけて、ほかのグループに合流していった。グロフレルなどクールス＝ヨトの責任者たちは、公爵とベッチデ人のそばをはなれない。三人がよけいなことをいって、公爵が疑念をいだくのを警戒しているのだ。おかげで微妙な話題に触れることができず、かなり時間がたったのに、まだあたりさわりのないことしか話せていなかった。

やがて公爵はバルコニーに出ていき、歓声をあげる群衆を前に、第五十回ルゴシアードの開会を宣言した。スカウティはそのようすを観察し、公爵が演説上手であることを確認した。群衆の前に出ると、その態度も違っていた……不器用で気どったところが影をひそめ、自信と目的意識と、自制心を感じさせる。彼女はそれが公爵の真の姿ではないかと思った。おろかなふりをして追従屋たちの目をあざむき、油断させて、かれらのちいさな秘密を暴きだすつもりなのだろう。

堂々たる態度はすぐに消え去り、公爵は随行員の一プロドハイマー＝フェンケンに合図した。

「ひどい痛みだ、アルガスロー！」と、泣き言をいう。「頭から肩まで、ずきずきする。なにか痛みをとめるものをくれ！」

「休息が必要です！」と、プロドハイマー＝フェンケン。

公爵は建物の前で歓声をあげつづける群衆をのこし、ターツ二体に支えられて、ふらふらと去っていった。随行員たちがまわりから、しきりに力づけている。

スカウティはとまどいながらそれを見送った。どっちがほんとうなのだろう？　公爵は実際に調子が悪いのか……それとも、ふりをしているだけなのか？

あのクラン人のことを、どう考えればいいのかわからなかった。公爵のほうもかれらのことを同じように考えていることは、知るよしもなかったが。

公爵はベッチデ人と、もっと個人的に話がしたかった。実際に目にして、言葉をかわしてみれば、かれらの重要性がわかると思っていたもの。

だが、今回の会見だけでは、はっきりしたことはわからなかった。しかも、その話の内容たるや……

「ルゴシアード終了後にもう一度、話がしたい」と、同行しているアルガスローにいう。かれもまた……ジュルトゥス＝メやムサンハアルと同じく……有能な諜報員である。

「残念ながら、それまで待つしかない。だが、ベッチデ人から目をはなすな。とくに、賢人を演じるといった男から。宇宙の光にかけて、あの男がどこからそんなずうずうしいことを思いついたのか、知りたいものだ！　だが、さっきの態度は悪くなかった……よく観察して、なにをしたか報告しろ！」

外に出ると、群衆はもうほとんどいなくなっていた。競技が実施される七カ所の会場に分散していったのだ。見ると一グライダーがベッチデ人を乗せ、飛びたっていくところだった。公爵はそれを見送りながら、幸運を祈るべきかどうか決めかねていた。

# 9

　ベッチデ人を乗せたグライダーは一会場に接近し、低い建物の前に着陸した。

「あのなかだ！　係員が待っている」かれらを送ってきたクラン人がいった。

　ドアのすぐ前にすわっていたスカウティが外に出ようとすると、サーフォ・マラガンがいきなり彼女を押しのけた。

「わたしの競技だ！　わたしが最初に降りる！」

　スカウティはとまどってかれを見つめた。

　マラガンはグライダーを降り、あたりを見まわした。かれに気づく者はいない。

「すぐにそうではなくなる」と、小声でつぶやいた。

　つづいて降りたスカウティは、不安そうにかぶりを振った。目の前のマラガンが、子供のころから知っているかれではないという印象をうけるのは、それがはじめてではなかった。

　ブレザー・ファドンがマラガンの腕をつかんで、

「二度とあんなことはするな！」と、脅すようにいう。「どういうつもりだ？　自分のほうが偉くなったとでも思うのか？」

「思うのではない！」マラガンが傲慢に答える。「事実なのだ」

かれはファドンの手を振りほどき、建物に近づいた。

「勝手に行けばいい」と、ファドン。「われわれがいないとどうなるか、思い知ればいいんだ」

「やめて」スカウティが不安そうにいう。「それほどのことじゃない。あんなふうにしかできないのよ。病気のせいだわ」

「たいした病気だ！」ファドンは不満そうにいったが、スカウティがマラガンのあとを追うと、自分もそれにならった。

建物のなかは驚くほどしずかだった。大多数はすでにそこを通過し、遅れてきた数人が、係員からルゴシアードの実務的な助言をうけているだけだ。

ベッチデ人の担当は、神経質そうな若いクラン人だった。かれが非常にたくさんの質問をしたので、スカウティとファドンは心配そうにマラガンを見やった。いらだちをつのらせ、攻撃的になっていたから。だがさいわい、担当のクラン人もかなり〝面の皮〟が厚いらしい。それでもマラガン以外のふたりは、次の係員にひきわたされたときには、ほっと胸をなでおろした。パフォーマンスを実演する場所まで案内するのは、球形の頭部を持つ小柄な異人だった。

異人はかれらをレールの上の、奇妙なせまい乗り物にすわらせた。腰をおろした瞬間、乗り物はとてつもない速度で公園に向けて走りだした。公園の反対側で停止すると、異人は三人を丘の上に先導した。斜面にはすでにさまざまな種族が集まっている。

「あなたがたがドエヴェリンクを救出したと知っているのです」と、案内役が説明。「だから注目の的なのですよ。だれもが、どんな者たちなのか見たがっています」

スカウティとファドンはすぐに、観客の目的が自分たちベッチデ人だけでなく、そのまわりにいる十数名のルゴシアード参加者でもあることに気づいた。それぞれが天幕や舞台や演壇など、なんらかの設備を利用している。

「あなたの名前は?」スカウティが群衆のなかを先導する異人にたずねた。

「この丘の担当者、バネクです。なにか必要なものがあれば、いつでも声をかけてください。さ、つきました!」

マラガンがいきなり立ちどまった。側面の開いた小ぶりの天幕に目をやり、そのあと丘の頂上に見える、ずっと豪華な小建築物に目を向けた。なにを考えているのかは、すぐにわかる。バネクが頂上の建物に案内するものと思っていたのだ。だが、友ふたりがほっとしたことに、かれは文句をいわずに現状をうけいれた。

優美に湾曲した天幕の屋根の下には、サーフォ・マラガンの名前がかかげられていた。

ただ、マラガンがドエヴェリンクを救出したベッチデ人のひとりであることは、どこにも書かれていない。それは意外ではなかった。それでもスカウティは、あれほど町じゅうで話題になった事件を、どうやって公爵に秘密にしているのだろう、と、いぶかった。

マラガンはためらうふうもなく、天幕の中央に設置された演壇に近づいた。その上に立ち、周囲を見まわす。

「看板をかけろ」と、ふたりに指示。「観客に、なんでも質問に答えると知らせるのだ」

スカウティとファドンは意味ありげに視線をかわした。

「それはわたしがやります」と、バネク。「ふたりほど、助手もつけましょう」

スカウティは肩をすくめ、

「観客が殺到することはなさそうね」と、つぶやいた。

だが、それは間違いだった。しばらくすると、好奇心いっぱいの人々が天幕をとりまいたのだ。マラガンは驚くほどうまく役にはまっていた。まるで夢を見ているように、だが、同時にはっきりと目ざめているように見える。兄弟団のところで暗示程度に体験したことが、いまは完全に開花していた。

マラガンには、世界がそれまで想像もできなかったかたちで見えていた。山頂の藪のなかで周囲が見えなかったのに、いきなり視界が開けたかのようだ。それまで考えもしなかった関係性が、はっきりとわかる。藪ごしに細切れになって見えていた世界が、全体像をあらわしたのだ。細い曲がりくねった道だと思っていたものが、じつはよりあつまって、ひろい大通りになっている。行きどまりの道も、沼地をぬける道も見えた。個々の細部に目を凝らせば、そこで起きている問題を解決できる。それぞれ孤立して存在していると見えた事象が、この世界という網のなかで、たがいに結びついているのがわかるから。

その山の高みから、マラガンは次々と質問に答えていった。ルゴシアードを訪れた者たちは、その言葉に耳をかたむけた。ごくかんたんな、具体的な質問をする者もいれば、人生の意味といったものを知りたがる相手もいる。答えは質問の内容に応じたものになった。具体的な、しばしば驚くほど単純な答えもあれば、哲学的で多義的な、神託のようなものもある。

隣人とのあいだに揉めごとをかかえ、賢明な助言をもとめる者もいた。あれこれの計画をどうすれば実現できるかを問う者も。いまやっていることや、これからやることが、自分の将来にどう影響するかを知りたがる者も多い。

ベッチデ人はそのすべてに満足をあたえた。看板にかかげた約束は大きなものではないが、かれはたしかにすべての質問に答えた。訪ねてきた者たち全員が同意することが、ひとつだけあった。あれこれの問題について答えの意味がわからないとしたら、それはいのだ。

マラガンのせいではなく、質問者自身の賢明さがたりず、そのために答えを解釈できな

スカウティとファドンはすでに初日にして、ルゴシアードが淡々と進む競技会ではないことを思い知らされた。マラガンのまわりの天幕や舞台のいくつかは放棄され、そこに占い師や賢者や判断者と称する者たちが集まってきた。ベッチデ人の天幕から問題解決の答えを手にして出てきたものの、それをどう実行すればいいのかわからずにとまどっている者たちの、相談に乗ろうというわけだ。真の智恵の宝物を得ながら、それをどう使えばいいのかわからない者は多かったから。またある人々は、マラガンの答えを聞いてそれを分析し、現実に実行できる手段を探した。それでも、どんな問題も自分の力では……すくなくとも、うまく包括的には……解決できないということに、疑いを持つ者はひとりもいなかったのである。

こうしてマラガンは観客の賞讃を勝ち得ただけでなく、べつの競技でかれのライヴァルとされた者たちの多くまで魅了していった。

夜遅くにトランス状態を脱したとき、マラガンは青ざめ、消耗しきっていたが、勝利を確信して幸せそうでもあった。バネクがあらわれ、三人を会場のすぐそばにある宿舎に案内した。マラガンが初日になしとげた成果は、ベッチデ人に割りあてられた部屋の数とその調度に反映していた……こんな贅沢ははじめてだ。

だが、かれらはその贅沢をほとんど味わえなかった。マラガンだけでなく、友ふたりも消耗して、限界に達していたから。三人は服を脱ぐことさえせず、柔らかな寝台に横になると、たちまち眠りこんだ。

*

ちょうど同じころ、サイラムが意識をとりもどした。ジュルトゥス＝メがそばにすわっているのを見て、上体を起こそうとする。からだに痛みがはしった。全身が痛みの塊りのようだ。だが、それ以上に不安なのは、いつものような明晰な思考ができないことだった。

「なにがあった？」サイラムはたずねた。

「殺されかけたのよ」ジュルトゥス＝メがしずかに説明する。「ウィスキネンは死んだわ」

サイラムは目を閉じた。その知らせはどんな傷よりも痛かった。あの小柄なプロドハイマー＝フェンケンは、ただの弟子以上の、生涯でもっとも信頼できる友になっていたから。

「なにが起きたのか、わからないの」すこし待ってから、ジュルトゥス＝メは話をつづけた。「おぼえていることはある？」

「記憶がはっきりしない。もうすこし注意深く治療してもらいたかった」

「医師のせいじゃないわ。犯人はあなたのスプーディを除去していったの。あんな乱暴な方法で共生体をとりだしたら、当然、後遺症がのこるわ」

「どうして新しいスプーディをいれていないんだ？」

「まだかなり日数がかかるわ。賊に頭を傷つけられたから、新しい共生体をいれられないの。それに……その傷は、スプーディをとりだしたあとでつけられたものよ。あなたの精神力がすぐに回復するのを妨げようとしたのは明らかね」

ジュルトゥス＝メはじっとサイラムを見つめた。

「犯人はとても徹底してるわ。あなたが生きのびるとは思っていなかったはずなのに、そこまでやっている」

「目星はついていないのか？」

「兄弟団なのはたしか。でも、具体的なシュプールは発見できていないわ」

「目的はなんだ？」

「それがわからないの。兄弟団の計画にとって、あなたが危険だと考えたのはまちがいないけど。なにか思いあたるふしはない？　よく考えてみて」

サイラムは考えようとしたが、スプーディを除去されてまだまもないというのに、すでにものごとの関連性を考えるのがむずかしくなっていた。自分がどれほど共生体に依存していたのかを、はじめて明確に意識する。衝撃をうけながら、思った。スプーディがなかったら、合理的思考などできないのではないか？　たとえ危険があっても、だれにもそれが認識できないのではないか？　共生体が存在しなかったら、クラン人は低能な種族だったのでは？

もちろん、そんなことはない。その長い歴史をさかのぼれば、クラン人は最初のスプーディが導入される前から、宇宙航行をなしとげていたのだから。

横道にそれる思考を、苦労して現実の問題に向きあわせる……たぶんこれが、スプーディ保持者と非保持者の違いなのだろう。ひとつのことを集中して考察する能力の有無である。とにかく、奇妙なくらいあっという間に、思考が散逸してしまうのだ。

兄弟団の秘密など、なにも見つけていない。自分はここクールスで、かれらに襲われる原因となるようなことはしなかった。それどころか……かれらのかくれ場も知らなければ、だれが構成員なのかもわからないのだ。サイラムは都市管理者の息子とベッチデ人のことを考えた。そこになにかつながりがあるかもしれないが、そうだとしても、かれにはわからなかった。

「あなたがいまスプーディを保持していれば、事情は違ったでしょうね」かれが推測を話すと、ジュルトゥス＝メはいった。

「その可能性はある」サイラムがとほうにくれたようすでいう。「共生体を除去したのは、それが唯一の論理的な説明でしょう」

「それが理由だろうか？」

「だとしたら、ベッチデ人と関わりがある」

ジュルトゥス＝メは制止するように右手をあげた。

「あなたが接触したのは、ベッチデ人だけではないはずよ」

「だが、ほかの者たちは兄弟団と関係がない！」

「断言できるの？」

サイラムは黙りこんだ。たしかに、ぜったいとはいいきれない。兄弟団の活動は秘密のヴェールにつつまれており、既存の秩序への攻撃がはっきりしたときには、手遅れであることが多い。

「あの悪党どもを根絶しなくては！」と、サイラム。

ジュルトゥス＝メは悲しげに微笑した。

「そのためには、なにをすればいいのかしら？　あなたも知ってのとおり、だれもがかんたんにあの組織の毒牙にかかってしまう。自由意志で兄弟団にくわわる者はめったにいなくて、ほぼ全員がなんらかのかたちでだまされたり、無理強いされたりしている。その者たちは裏切り者というより、被害者よ。とりわけ、早々にこちらが確保した者たちは、罰するのではなく、助けなくてはならない。それとはべつに……もしわたしたちが兄弟団に暴力で対抗したら、内戦がはじまってしまうかもしれない。あるいは、それが向こうの狙いなのかも」

サイラムにもそのとおりだとわかっていたが、自分の身に起きたことを思うと、理性的ではいられなかった。

「それでも、ベッチデ人に注意していてもらいたい」

「監視するわ」と、ジュルトゥス＝メ。「いずれにしても、マラガンは大変なセンセーションを巻きおこしているし」

マラガン！　その男に関しては、なにか重大なことがあったはずだ。それはたしかなのだが、思いだすことができなかった。論理的思考力だけでなく、記憶力までがスプーディ摘出の影響をうけている。それとも、なにかべつの理由で思いだせないのか？

ふと、頭にひとつの場面が思い浮かんだ。ウィスキネンがかれの前にすわって報告している……プロドハイマー＝フェンケンは町からもどってきたところで、報告の内容は、ベッチデ人がドエヴェリンクを救出したというものだった。サイラムはその時点ですぐに三人の友に会うのは無理だろうと判断した。だから翌朝まで待つことにして、カルツィコスに連絡をとろうとした。そのとき、訪問者があった。クラン人ふたりと、ターツが一体だ。かれらはルゴシアード事務局の者だといっていた。

サイラムは長いこと、ルゴシアードに出場するという考えにあらがってきた。人に見せるようなものではないと思うから。かれにいわせれば、古来の武術はすでに、公開の場で人々に見せるようなものではなくなっている。無知な観客は、敵を殺すために洗練されてきた技術であるという、ばかげた考えを持つだけだ。ほんとうは正反対だということを、どうすればしめせるだろう？　真に力のある武術家は、その精神と肉体と武器と敵を完全に制御し、相手を殺す必要をなくしてしまう。それにより、平和と理解をもたらすことができるのだ……たとえ、相手が肉体的な力を精神力よりも重視し、直接の対決に敗れた外交官を弱者と判定する種族であっても。こうしたことは、たとえ偏見のない大衆にでも、実際に見せるのは困難である。さらに精神的・倫理的能力まで考えるなら、不可能といっていい。そうしたものは、サイラムのレベルの戦士には不可欠なのだが。

もちろん、ルゴシアードに出場する戦士は多いが、これまで最終段階にのこった者はいない……スーパーゲームに出場するのは、つねにべつのだれかだった。失敗の原因を知っているサイラムは、その中途半端さと敗北を憎んだ。かれ自身は、成功のチャンスがわずかでもないかぎり、競技に参加するつもりはなかった。だからこそ、公式な参加表明を頑固に拒んできたのだ。事務局の者が訪ねてきたのは、この点を確認するためだろうと思っていた。

だが、かれらの計画は、サイラムの参加同意を得ることではなかった。サイラムはウィスキネンを呼ぶようにいわれたときも、不思議なことに、疑念をいだかなかった。弟子が部屋にくると、ターツがかばんを開いた。サイラムは書類がはいっているのだろうと思ったが、はいっていたのは書類ではなく、神経ガスの容器だった。ガスは即座に室内にひろがった。

すばやさも力の強さも役にたたない。三人はガスに免疫があるようだったが、サイラムとウィスキネンがその場に倒れると、さらにガスマスクを装着した。そのあとの記憶はとぎれとぎれだ。メスが見え、痛みを感じたが、自分とウィスキネンの身になにが起きているのかはわからない。やがて、闇がすべてをのみこんだ。

「戦士の館にいるあなたの友たちは、すぐに殺傷事件だと気づいたわ」と、ジュルトゥス＝メ。「犯人を見つけたら、その場で殺すつもりよ」

そこで言葉を切り、サイラムがこの点についてなにかいうのを待つ。だが、いまのかれには、彼女の思うような反応をすることができない。それがわかっていたので、サイラムは口を閉じていた。

「どうにかおちつかせることはできたけど」しばらくして、ジュルトゥス＝メは先をつづけた。「背後に兄弟団がいることを教えたの。数人は、今後は積極的に兄弟団に敵対することを明言したわ」

サイラムはまだ黙っている。ウィスキネンの死を心から悼んでいるのだ。立場が逆だったら、友がそうしたであろうように。

「回復したら、いままでどおり武術をつづけるつもり?」しばらくして、ジュルトゥス＝メがたずねた。

「とても疲れた」サイラムがゆっくりと答える。「スプーディを奪われて、活力まで失ってしまった。話に集中するだけでも、かなりの努力が必要だ。この弱さは克服できるだろうが、それ以外のこともあるし、まだ時間がかかる。だが、いつかはつづけられるようになるだろう」

ジュルトゥス＝メは満足そうに微笑した。

# 10

ルゴシアードはつづいていた。しだいに全体像が明らかになり、無数の参加者のなかから、徐々に有力候補が絞られていった。

二日めになると、スカウティとブレザー・ファドンの仕事はそれほどきびしいものではなくなった。どこからともなく大勢の協力者があらわれて、サーフォ・マラガンに直接に関わる以外の雑事をひきうけてくれたのだ。かれらはベッチデ人の作業もよろこんで肩がわりしたがったが、マラガンは友ふたり以外、だれもそばに近づけようとしなかった。

それでもようやく時間ができて、ふたりはあたりを見てまわった。会場は驚くほどひろかったが、それでも七つある会場のひとつにすぎない。

どうやらこの期間だけは、クランドホル公国じゅうの才能あるアーティストが、すべてクールス＝ヨトに集まってきているようだった。画家や彫刻家、アクロバット芸人、手品師、占い師、ダンサーや歌手、武術家やサヴァイヴァル専門家、詩人や哲学者、そのほかさまざまだ。かれらのパフォーマンスは、ふたりにはどうやっているのかわからず、まるで奇蹟のようだった。

なんの道具も持たずに白いキャンバスの前にすわっている画家がいた。だれかが近づいてきて、ある情景を述べると……その情景がすこしずつ、画家がなにもしないのに、まるで勝手に生成されるようにキャンバス上に出現する。べつの場所では、異人が数分のあいだに花を咲かせていた。種を握ると、芽が出て、指のあいだから茎がのび、葉が出て、花が咲くのだ。異人はそれを観客にプレゼントする。スカウティもその花をうけとった。驚いたことに、それはほんものの植物で、造花などではなかった。

一クラン人はぴったりと閉じた水槽のなかに身を沈めていた。なかには水が満たされ、空気は泡ひとつない。クラン人はなんの装備も身につけていないが、水のなかで居心地よさそうにさえ見えた。べつの出場者は燃えさかる炎のなかにすわっていた。炎がほんものであることをしめすため、素手で肉を焼いて観客にふるまっている。空中に浮かんで、さまざまな芸を見せる者もいた。鋭い剣が用意されていて、観客はそれをかれの周囲で振りまわすことができる。細く透明なザイルでからだを吊っていたとしても、すべて切れてしまうはずだ。だが、演者は宙に浮かびつづけ、ときどき移動して観客の頭上を飛びまわり、手をさしだして観客をひっぱりあげ、しばらく空中にとどまらせたりもした。

べつの出場者は砂地に三角と丸を描き、その上に水をいれた鍋を置いた。すると熱源もないのに、水がたちまち沸騰する。観客のひとりが、砂のなかにヒーターがかくされていないことを確認した。

ふたりがすでに知っているアイ人の姿もあった。やはり思考を読んでいる。やり方は、観衆のなかからだれかに会いたがっている者を見つけて呼びだし、すこし考えたあと、どこに行けばその相手と会えるかを告げる、というもので……一度も間違えることはなかった。あるボルクスダナーは、さらに一歩先をいっていた。相手に〝命令〟できるのだ。通信機など使わず、脳の力だけで。かれが呼びかけた者は、十分ほどで駆けつけてくる。ただ、公爵グーを呼んでくれという観客の要望に応えないだけの慎重さはそなえていた。

「ぜんぶ、ほんものなのかしら?」と、スカウティがたずねる。

ファドンは肩をすくめた。

「トリックだとしたら、かんたんな方法で見破れるものもあった。たぶん審査官みたいな者がいて、ぺてん師は排除してるんだろう」

だが、ふたりはそんな審査などうけなかったし、マラガンも同様だ。そのかわり、二日めの夜、公爵グーが天幕にあらわれた。なにか考えながらマラガンの前に立ち、奇妙な目つきでかれを見つめる。マラガンは背筋に冷たいものがはしるのを感じた。

「きみはどうしてこの役を選んだ?」公爵がしずかにたずねる。

「目的をはたせるからです」マラガンは一瞬も躊躇しなかった。

「目的とは、エドヌクでのスーパーゲームに出場することか?」

「はい」

「きみがぜったいに答えられない質問をすることもできる。そうすれば、きみの成功はおぼつかない」

「あなたはそんな質問などしません。そう口にすることで、危険を排除することはできるでしょうが」

公爵はマラガンに背を向け、ベッチデ人ふたりをわきに呼んだ。呼びこみ役の協力者が、次の質問者を案内した。

「マラガンはずいぶん疲れたようすだったな」公爵がふたりにいう。「根をつめすぎだとは思わないかね? スーパーゲームがはじまる前に倒れてしまっては、元も子もない!」

「わたしたちのいうことなんか、きかないんです」スカウティが意気消沈して答える。

「からだに気をつけろなんて、いえると思いますか?」

公爵は訪問者に助言をあたえるマラガンを見やった。顔色は悪く、目は落ちくぼみ、その目にはすべてをのみこむ炎が燃えている。

「まるで狂人だ」と、公爵。

　ふたりはうなずいただけだった。耳新しい話ではない。マラガンのそばにいると、ときどきひどく居心地が悪くなる。かれが、見知らぬ不気味な人間に変わる瞬間があるのだ。

　翌朝、オプがやってきた。ベッチデ人はこのターツの姿を見て、緊張した。それまでにいろいろ噂を聞いていたから。オプは人々に好かれていなかった。仮借なく、暴力的だといわれている。スカウティとファドンはオプがマラガンを尋問しにきたのだと思ったが、ターツはなにを訊くでもなく、一時間ほどじっとマラガンを観察しつづけた。そしてそのまま、ひと言も発することなく帰っていった。

　その日、ふたりは戦士の館で会った四本足と再会した。その話によると、サイラムは生命の危機を脱したものの、再起には長い時間がかかりそうだということだった。犯人は兄弟団らしいという話も聞いた。

　そのあいだにもマラガンの評判はひろまり、同じような能力でルゴシアードに参加している者たちが、かれの天幕のまわりに集まってきた。べつの場所ではドエヴェリンクが勝利を祝っていた……本人がわかっているかどうかは疑問だが。ドエヴェリンクは眠りにつき、夢のなかで中央計算機とターツ数百体を相手に対戦したのだ。かれは事前に個々の対戦の関連性を開示し、全体でひとつの、信じられない規模のゲームになるようにしていた。

ほかの六ヵ所の会場でなにが起きているか正確に知ることができるので、ベッチデ人ふたりはそれを最大限に利用した。ドエヴェリンクの〝夢のマルタ＝マルタ〟を見た印象としては、ゲームに参加した全員が、かれを強く崇拝しているようだった。

ルゴシアードでは、なにもかもが順調だったわけではない。ちいさな不備や惨事もあちこちで起きた。他人を自分の思いどおりにできるという参加者の男は、まず、その力をひとりに対して使用した。うまくいったので、次に観客全員を相手に、立ちあがるよう命令した。これもうまくいき、つづいて、その場で手足を動かせと命じた。この命令もうまくいったが、そこで能力の限界をこえたらしい。観客がいっせいに動きだしたとたん、男が気を失ってしまったのだ。だれもが懸命に呪文を破ろうとしたが、だめだった。男の意識は二日のあいだもどらず、観客たちは病院に運ばれることになった……多くの者が疲労困憊し、心的外傷を負った者もいた。

火災も数件起きた。うち一件は、自力で空を飛べると主張していた男が、かくしもっていた小型飛翔装置の故障で墜落したせいだった。一プロドハイマー＝フェンケンは、ルゴシアード初日から細い金属棒をバランスよく積みあげ、塔をつくっていた。そのバランスが崩れ、落下してきた金属棒の下敷きになって……生きて救出されたのは奇蹟だった。こうした事故のほとんどは、特殊能力者を騙った者たちが原因だった。

そんなことが起きているあいだも、連日マラガンは天幕にすわって、倦むことなく人々の質問に答えつづけた。かれはどんどん顔色が悪くなり、瘦せ細っていった。

スカウティとファドンは友のからだを案じた。何度もかれに話しかけ、せめてときどき休憩をいれるように提言したもの。

ほかの参加者も、ずっとパフォーマンスをつづけているわけではない。一日に一、二時間しかやらない者も多かった。内容さえよければ、一日じゅうやっている者にくらべ、短時間でもより大きな成果を得ることができる。マラガンはすでに大きな成果をあげており、時間を短くしても、なんの問題もないはずだった。それを悪く思う者はいなかったろう。観客の目から見ても、かれの健康状態が日に日に悪くなっているのは明らかだったから。

だが、マラガンは信じられないくらい頑固だった。

「このままつづける。あきらめる気はない」

「あきらめろなんていってないわ!」スカウティは懸命に説得した。「このままつづけていいのよ。あなたにはスーパーゲームに出場する大きなチャンスがあるわ。でも、最後でへばってしまって、そのチャンスを棒に振ったらどうするの?」

マラガンは無言だ。

ふたりは食事に気を使い、クールスで手にはいるなかで最高の、栄養価の高いものを用意した。だが、マラガンはすこししか食べず、せっかく食べたものを吐いてしまうこともときどきあった。ごく少量を一日に何度も食べさせようとしたが、これもうまくいかない。休息させるため、いわれた時間に起こさずに寝かせておこうともしてみたが、かれはいつもの時間に目をさまし、ふたりを非難した。それでも、次の日も同じことをしようとしたが、マラガンはほとんど一睡もしなかった。眠らずに、ひと晩じゅう寝台の上で結跏趺坐して、考えこんでいる。

「全力で破滅する気か？」マラガンがまだしもまともそうに見えるときを選んで、ファドンは詰問した。「眠らなくちゃだめだ。鏡を見てみろ。ひどいようすじゃないか。あと一日つづけたら、倒れてしまう……医師の世話になりたいのか？」

「こうするしかないのだ」マラガンが小声で答える。「きみには理解できないだろうが、責めるつもりはない。ただ、ひとつだけたのみがある。しょっちゅう小言をいうのをやめて、好きなようにやらせてくれ」

「きみが正気と命を失うのを、ぼんやり眺めていろというのか？」

「そんなたいそうなことじゃない」

「たいそうなことなんだよ！　きみが倒れたりしたら、このルゴシアード最大の事件になるだろう」

マラガンは黙りこんだ。半時間後、かれはふたたび天幕にいた。その二時間後、ファドンが予想したことが起きた。

スカウティとファドンは友を心配して外出をひかえるようになっていた。ふたりがよそのパフォーマンスを見ていたときにマラガンが倒れたなどという事態は、考えるだけで耐えられない。だが、それでも現場に居あわせることはできなかった。ちょうどそのとき、騒動が生じたから。

マラガンが有名になるほど質問者の数は増えていき、順番がくるまで待たなくてはならなくなった。なかにはしびれを切らす者も出てくる。このときの一ルガルヴェがそうだった。ふたりとも、この種族は何度か見たことがあった。身長はクラン人と同じくらいで、横幅はずっと大きい。通常はおとなしく、愛想のいい者たちだ。だが、このルガルヴェはなぜかひどくいらだって、前にならんでいる者たちをはねとばしながら前進しはじめた。ボランティアの協力者二十名ほどが、ルガルヴェが通ったシュプールの左右に意識を失って倒れたところで、ようやく停止させ、おちつかせることができた。

ふたりが天幕にもどってみると、バネクがひどく興奮して駆けよってきた。頭部のまるい小柄な異人は、ここ数日ですっかり三人と打ち解けていた。自分が担当する丘に〝小賢人〟ことマラガンが配置されたことを、バネクは個人的な栄誉とうけとめているらしい。〝小賢人〟というのはマラガンの愛称として、おおっぴらに口にはされないもののの、ひろく使われるようになっていた。

「きて、きて、きて！」バネクが叫び、スカウティとファドンは駆けだした。かれが同じ言葉をくりかえすときは、緊急事態だとわかっていたから。

「なにがあったの？」スカウティがバネクにたずねる。

「暴れてる、暴れてる、暴れ……」

「もういい！」ファドンが乱暴にいう。

マラガンがパフォーマンスを実施する部屋に駆けこんだが、椅子はからっぽだった。そのとき、天幕の一部をくぎってつくった仮設の部屋から、くぐもった怒りの声が響いてきた。いつもなら、公国の各惑星に映像を配信する記者たちが、三十人くらいつめている部屋だ。同じような部屋がもうひとつ、隣りの天幕にもあり、さらにべつの天幕には仮設ではない部屋があって、そこには解説者が集まっている。有力候補のまわりにはそうした設備が用意されるのだが、第五十回ルゴシアードでマラガンがこれほど注目を集めるとは、だれも思わなかったのだ。

部屋のなかはひどいことになっていた。マラガンが床に倒れ、クラン人数人とターツが、なんとかかれを傷つけずに押さえこもうと苦労している。壊れた装置がいくつか散乱し、記事フォリオが床に散らばっていた。カラフルな冠毛のある鳥に似た生命体が意識を失って、ひっくりかえった椅子のあいだに倒れている。のこった記者たちが興味深げに現場をとりまいていた。

「手をはなせ!」ファドンが鋭く叫んだ。

ターツとクラン人がはなれると、マラガンはよろめきながら立ちあがり、ふたたび相手にたちむかおうとした。ファドンが背後から羽交い締めにして、かれの動きをとめる。それでもマラガンはあきらめず、大声でわめいて、足で宙を蹴った。ファドンはすばやく体をいれかえ、友を殴り倒した。

「もう充分だろう」と、息を切らしながらいう。「パフォーマンスはここまでだ。これ以上ない終わり方だと、あんたたちも思っているはず」

部屋じゅうの者たちが、ぽかんとした顔でかれを見つめた。

「いいたいことはなんとなくわかる」しばらくして、一クラン人がいった。「だが、間違いだ。サーフォ・マラガンがスーパーゲーム出場者の有力候補であることに変わりはない。この件に関しては……言及はされるだろうが、これで失格ということはない。きみたちの友は最善をつくしてきた。それはこれからも変わらないだろう」

ファドンはどう答えればいいのかわからなかった。とにかくマラガンを運びだす。ドアの前でバネクがグライダーを準備して待っていた。

「どうしてあんなことになったの?」スカウティがたずねる。

「わかりません」バネクは暗い声で答えた。「気がついたら、暴れだしていたんです」

宿舎に帰り、マラガンをグライダーから降ろす。寝台に寝かせたとき、意識がもどった。

「どういうことだ？」マラガンはとまどったようにたずねた。「どうしてここにいる？バネク……天幕に連れていってくれ。いますぐ！」

だが、バネクはだてに丘の責任者ではないところを見せた。

「それはできません。天幕に関しては……しばらく閉鎖します」

「相談者が……」

「それはあなたが心配することではありません。あなたが倒れたことは外に洩れないようにして、天幕は準備のために閉めていることにします。話をあわせてください。あなただけではありませんよ。有力候補の大部分は、もうルゴシアードの会場をひきあげましたから」

そこで奇蹟が起きた。マラガンが頭のまるい小柄な異人の言葉を信じたのだ。かれは自室にこもった。スカウティとファドンは食事を運び、気をひきたたせようとしたが、うまくいかず、結局あきらめた。

ときどきようすを見にいくと、マラガンはいつものように寝台の上で結跏趺坐していた。顔色は悪く、頬はこけ、からだは小刻みに震え、目は血ばしっている。あわれであると同時に、不気味でもあった。気分はどうか、なにかできることはあるかとたずねても、答えはない。

やがて使者がやってきて、マラガンがスーパーゲーム出場者に選ばれたと告げた。三日後にエドヌクの競技場が披露されるという。ゲームの詳細はまだ明らかにされず、マラガンがなにをすることになるのかも不明だ。要するに、わからないことだらけだった。ドアが開いていたので、使者の言葉はマラガンも聞いていた。すくなくとも、かれにとっては安堵する内容だったようだ。直後にスカウティが目を向けると、マラガンは横になって眠っていた。熟睡しているようだったので、彼女はようすを見にいった。

なにかに憑かれたようなマラガンは、不気味に思えた。もちろん、その変化の原因が、兄弟団の捕虜になったことにあるのは見当がついている。ただ、その疑念を裏づける証拠はなにもなかった。

唯一の光明は、公爵グーからのメッセージだった。長いものではなかったが、その内容は核心に触れていた。マラガンがスーパーゲームで力を発揮できるよう祈っている、とある。それは肉体的な頑健さではなく、明らかに精神的な力のことだった。

ルゴシアードの見せ場は終わった。ドエヴェリンクは〝夢のマルタ＝マルタ〟を終了し、数百万のターツが喝采した。ほかの有力候補たちも、それぞれに観客の支持をうけた。マラガンも賞讃されたが、式典に主役の姿はなかった。そのとき本人は寝台に横たわり、どこが悪いのか、医師にさえわからないままだ。かれはまるで失神したように眠りつづけていた。

　友ふたりはマラガンを見つめた。かれがどれほどスーパーゲームに出場したがっていたかは、よくわかっている。手助けできるなら、なんでもするつもりだ。だが、手助けなどできないかもしれない。かれはもう以前のサーフォ・マラガンではなく、しかも、変化はなおもつづいている。ファドンとスカウティには、マラガンがいつかどこかで、自分たちがついていける限界をこえてしまうように思えた。

# あとがきにかえて

嶋田洋一

日本では年に一度、「日本SF大会」というSFの全国大会が開催される。

わたしがはじめて参加したのは、一九八五年に新潟県弥彦(やひこ)村で開催された第二十四回日本SF大会「GATACONスペシャル夏祭り」だった。GATACON(ガタコン)というのは当時、新潟市と長岡市で毎年交互に開かれていた地方コンベンションで、これを主催していたグループを中心に開催された日本大会が、この「夏祭り」である。

名誉実行委員長が神林長平さん、赤字対策実行委員長(笑)が夢枕獏さんという名目で、実際の実行委員長は故・柿崎一吉(ザキ)さん。夏の盛りの八月三日から四日にかけて、弥彦村のホテル三軒を借り切っての大イベントだった(その前の日には前夜祭として、同じ会場で「YAHICONⅡ」も開催されている)。

弥彦村は越後国一宮の彌彦神社を中心とする観光地として人気があるものの、当時の人口が八千人程度。そこに千三百人あまりのSFファンが集まったわけで、けっこうな賑わいだった。

暑いので誰もが冷えたビールを求めて飲食店に殺到し、どの店に入っても「冷えたビールはもうありません」という状況。何しろかんかん照りだし、ほとんどの参加者が二、三十代だったので、村じゅうのビールを飲み干してしまう勢いだった。ぶつぶつ言いながらも、生ぬるいビールを飲んだもの。

現地住民の受け取り方については、漫画家のとり・みきさんがこんな作品を描いている。村の老婆が参加者の一人を呼び止め、左右を見て人がいないのを確認してから、「SFって何ですか?」と小声で尋ねる、というもの。わたしも実際にこう尋ねられたので、このマンガはよく覚えている。あのときは確か、「宇宙や未来を舞台にした小説や映画のこと」と答えたような気がする。SFの定義としては不完全もいいところだが、そこはわかりやすさ優先ということで。

なぜこんな昔話をしたかというと、二〇一五年がこの「夏祭り」から三十年の節目の年だったからだ。

地方コンベンションとしてのガタコンはその後も毎年続いていたが、長岡での定宿だった旅館が中越地震で被災し、営業を断念したあたりから、開催地が安定しなくなった。新潟方面にいたメンバーが就職などで東京に出てくることも多くなり、都内や横浜で開催したりするようになったほか、人員不足で開催できない年もあった。それが今世紀に入ってから、湯河原の旅館で毎年開催となったことは、すでにこのシリーズの「あとがきにかえて」で何度か触れたとおりだ。

というわけで、今年のガタコンは三十年前の「GATACONスペシャル夏祭り」を回顧するという仕様になった。

当時の様子は写真のほかビデオでも残されていたので、その映像をDVDに焼いて上映したのだが、前述のザキをはじめ、もう亡くなってしまった友人たちの姿に、ついしんみりしてしまう。今年のガタコンに参加している人たちも、当たり前だが映像の中ではみんな若くて、まぶしいくらい。ごく稀にほとんど変わっていない人もいて、それはそれで会場の笑いを誘う。そういえばこんな人もいたなあ、今ごろどうしているかなあ、という顔も多い。三十年という時間の長さを実感すると同時に、それが現在と連続していることもひしひしと感じる経験だった。

今回は記念ということで、Tシャツも作った。Back to that Summer Festival（あの夏祭りに戻ろう）の頭文字を取ってBTTSFの文字を入れたのだが、Tシャツが完成したあとになって「夏祭りはSummer FestivalじゃなくてSummer Carnivalにしたんだった」との証言が出てきて、でも映像を見るとどっちも使っている、というぐだぐだな展開に。こういういい加減なところも、ガタコンが長く続いている秘訣かもしれない（ほんとか?)。

これ以外にも、ゲストによる「GATACONスペシャル夏祭り」回顧パネルがおこなわれたほか、SFクイズ、SF書道大会、温泉卓球大会、簡易ルールのビブリオバトル、喫茶「ジョナサンと宇宙クジラ」に居酒屋「ラファ亭」、ディーラーズ・コーナーでの同人誌やJAXAグッズの販売など、例年どおりの企画や新企画も並んだ。翌朝には一九七〇年代の録音で、野田昌宏氏の司会により、筒井康隆、星新一、小松左京(電話参加)の各氏が対談している音源も披露された。

前巻の「あとがきにかえて」で触れた秋田のHONGCONGにはまったくの「お客さん」として参加しているが、ガタコンでは主催者側で、会計担当者として集めた参加費を管理したりもしているので、オープニングが見られなかったり、一部の企画に参加できなかったりといった不都合も生じる。それでも毎年続けているのは、やはり一つのコンベンションを作り上げる楽しさがあるからだと思う。全盛期に比べると地方コンベンションの数も減っているが、まだしばらくはガタコンを続けていきたいと考えている。でも、もう日本大会をやる元気はないかな……

# SF傑作選

映画化名「オデッセイ」
## 火星の人〔新版〕〔上下〕
アンディ・ウィアー／小野田和子訳

不毛の赤い惑星に一人残された宇宙飛行士のサバイバルを描く新時代の傑作ハードSF

〈ヒューゴー賞／ネビュラ賞／ローカス賞受賞〉
## ねじまき少女〔上〕〔下〕
パオロ・バチガルピ／田中一江・金子 浩訳

エネルギー構造が激変した近未来のバンコクで、少女型アンドロイドが見た世界とは……

〈ヒューゴー賞／ローカス賞／英国SF協会賞受賞〉
## 都市と都市
チャイナ・ミエヴィル／日暮雅通訳

モザイク状に組み合わさったふたつの都市国家での殺人の裏には封印された歴史があった

〈ヒューゴー賞／ネビュラ賞／ローカス賞受賞〉
## あなたの人生の物語
テッド・チャン／浅倉久志・他訳

言語学者が経験したファースト・コンタクトを描く感動の表題作など八篇を収録する傑作集

## ゼンデギ
グレッグ・イーガン／山岸 真訳

余命わずかなマーティンは幼い息子を見守るため、脳スキャンし自らのAI化を試みる。

## アーシュラ・K・ル・グィン&ジェイムズ・ティプトリー・ジュニア

〈ヒューゴー賞/ネビュラ賞受賞〉
### 闇の左手
アーシュラ・K・ル・グィン/小尾芙佐訳

両性具有人の惑星、雪と氷に閉ざされたゲセン。そこで待ち受けていた奇怪な陰謀とは?

〈ヒューゴー賞/ネビュラ賞受賞〉
### 所有せざる人々
アーシュラ・K・ル・グィン/佐藤高子訳

恒星タウ・セティをめぐる二重惑星——荒涼たるアナレスと豊かなウラスを描く傑作長篇

〈ヒューゴー賞/ネビュラ賞受賞〉
### 風の十二方位
アーシュラ・K・ル・グィン/小尾芙佐・他訳

名作「オメラスから歩み去る人々」、『闇の左手』の姉妹中篇「冬の王」など、17篇を収録

〈ヒューゴー賞/ネビュラ賞受賞〉
### 愛はさだめ、さだめは死
ジェイムズ・ティプトリー・ジュニア/伊藤典夫・浅倉久志訳

コンピュータに接続された女の悲劇を描いた「接続された女」などを収録した傑作短篇集

### たったひとつの冴えたやりかた
ジェイムズ・ティプトリー・ジュニア/浅倉久志訳

少女コーティーの愛と勇気と友情を描く感動篇ほか、壮大な宇宙に展開するドラマ全三篇

# SF名作選

**泰平ヨンの航星日記〔改訳版〕**
スタニスワフ・レム／深見弾・大野典宏訳
東欧SFの巨星が語る、宇宙を旅する泰平ヨンが出会う奇想天外珍無類の出来事の数々！

**泰平ヨンの未来学会議〔改訳版〕**
スタニスワフ・レム／深見弾・大野典宏訳
未来学会議に出席した泰平ヨンは、奇妙な未来世界に紛れ込む。異色のユートピアSF！

**ソラリス**
スタニスワフ・レム／沼野充義訳
意思を持つ海「ソラリス」とのコンタクトは可能か？　知の巨人が世界に問いかけた名作

**地球の長い午後**
ブライアン・W・オールディス／伊藤典夫訳
遠い未来、人類は支配者たる植物のかげで生きのびていた……。圧倒的想像力広がる名作

〈人類補完機構〉
**ノーストリリア**
コードウェイナー・スミス／浅倉久志訳
地球を買った惑星ノーストリリア出身の少年が出会う真実の愛と波瀾万丈の冒険を描く

# SFマガジン700【海外篇】

山岸 真・編

〈ＳＦマガジン〉の創刊７００号を記念する集大成的アンソロジー【海外篇】。黎明期の誌面を飾ったクラークら巨匠。ティプトリー、ル・グィン、マーティンら各年代を代表する作家たち。そして、現在ＳＦの最先端であるイーガン、チャンまで作家12人の短篇を収録。オール短篇集初収録作品で贈る傑作選。

ハヤカワ文庫

# SFマガジン700【国内篇】

大森 望・編

〈SFマガジン〉の創刊700号を記念したアンソロジー【国内篇】。平井和正、筒井康隆、鈴木いづみの傑作短篇、貴志祐介、神林長平、野尻抱介、秋山瑞人、桜坂洋、円城塔の書籍未収録短篇の小説計9篇のほか、手塚治虫、松本零士、吾妻ひでおのコミック3篇、伊藤典夫のエッセイ1篇を収録。

ハヤカワ文庫

訳者略歴　1956年生，1979年静岡大学人文学部卒，英米文学翻訳家　訳書『真紅の戦場』アラン，『テラナー』フランシス&フォルツ，『隔離船団』テリド&フランシス（以上早川書房刊）他多数

HM=Hayakawa Mystery
SF=Science Fiction
JA=Japanese Author
NV=Novel
NF=Nonfiction
FT=Fantasy

宇宙英雄ローダン・シリーズ〈513〉

# 競技惑星(きょうぎわくせい)クールス

〈SF2047〉

二〇一六年一月二十日　印刷
二〇一六年一月二十五日　発行
（定価はカバーに表示してあります）

著者　マリアンネ・シドウ
訳者　嶋田洋一(しまだよういち)
発行者　早川浩
発行所　株式会社早川書房
郵便番号　一〇一 - 〇〇四六
東京都千代田区神田多町二ノ二
電話　〇三 - 三二五二 - 三一一一（大代表）
振替　〇〇一六〇 - 三 - 四七七九九
http://www.hayakawa-online.co.jp

乱丁・落丁本は小社制作部宛お送り下さい。
送料小社負担にてお取りかえいたします。

印刷・信毎書籍印刷株式会社　製本・株式会社川島製本所
Printed and bound in Japan
ISBN978-4-15-012047-4 C0197